只研朱墨作春山

徐揚書畫文章

婵娟絽揚畫

白石題

学苑出版社

图书在版编目（CIP）数据

只研朱墨作春山——维扬书画文章 / 朱维扬著. —北京：
学苑出版社，2011.8

ISBN 978-7-5077-3844-5

Ⅰ．①只…　　Ⅱ．①朱…　　Ⅲ．①汉字－法书－作品
集－中国－现代　②中国画－作品集－中国－现代　③朱维扬－
自传　　Ⅳ.J222.7 ②K825.42

中国版本图书馆CIP数据核字(2011)第173771号

出 版 人：孟　白

责任编辑：魏　桦

出版发行：学苑出版社

社　　址：北京市丰台区南方庄2号院1号楼

邮政编码：100079

网　　址：www.book001.com

电子信箱：xueyuan@public.bta.net.cn

销售电话：010－67675512、67678944、67601101（邮购）

经　　销：全国新华书店

印 刷 厂：北京信彩瑞禾印刷厂

开本尺寸：889×1194　　1/16

印　　张：8

字　　数：106 千字

版　　次：2011年9月北京第1版

印　　次：2011年9月北京第1次印刷

定　　价：80.00元

序

外师造化　中得心源

中国美术家协会常务副主席　吴长江

朱维扬是一位多才多艺的书画家，她勤奋进取、笔耕不辍，最近将自己的书画作品和文字结集《只研朱墨作春山》刊行出版，并在开印前夕邀请我为此集作序，获悉邀请，欣然应允。

朱维扬担任记者多年，不仅擅长书画，且是一位活跃的社会活动家。她曾在筹备中华全国工商联书画院时邀我担任艺委会主任。这是一件推动美术界与企业界交流的好机会，我亦立即表示予以支持。中全联书画院成立一年多，她积极地为书画家举办展览、辛勤奔走，开展了一系列公益活动，初显成效，产生了不错的社会影响。

当我看到朱维扬新书大样时，略微有些吃惊。她的作品题材广泛，花鸟、人物、山水皆有涉猎，水墨、水彩挥洒自如。在她的作品中，常能见到欧阳中石、韩美林、王明明、苏泽立、米南阳等当代著名美术家的题款，一方面应和了文人绘画交游往来之传统，一方面也体现出同行对其艺术的认可。著名书法家欧阳中石、苏适，中国美协副主席王明明为《只研朱墨作春山》题写了书名，亦为本书增色不少。

朱维扬新书的自传部分，文字质朴、感情深沉。她在上篇《我的四季》里写到自己的母亲，写到自己的母校，写到"文革"十年的家庭悲剧，写到她艺术梦想的破灭。作为同一代人，我读到此处也可谓感同身受。但是朱维扬没有被不公平的命运所压垮，在上世纪的80年代，她通过三年的苦读，成为北京市高等教育自学考试的第一批中文专业本科生，赶上了时代的步伐，通过自己的努力用知识改变了命运。

朱维扬新书的中篇《我的老师》写到了五位老师。她与这些老师之间交往十几年间的故事，有些细节写得非常感人。这些老师包括她的父亲，包括欧阳中石、韩美林这样的大家。每个老师对她的爱护、提携甚至批评，都体现了人间最真挚的师生情。

20年的记者生涯，朱维扬采访了数十位书画名家。她热爱自己的记者职业生涯，在以写作为职业的基础上，近几年她又拿起画笔开始创作。尽管部分美术作品在技巧上还有提高的空间，但她对艺术理想的执着令人感动。她对自己作品的要求很高，稍有瑕疵的作品立即毁掉。她虚心向老师学习，勤学苦练，甚至每年春节大年初一也不愿放下画笔。在名家的指导下，她进步很快，有些作品已达到一定水准。正是出于对美术的热爱，她热衷于组织名家书画展、义卖，为发展公益事业进行了可贵的探索。

在《只研朱墨作春山》正式出版之际，我对朱维扬女士表示衷心祝贺，希望她在艺术道路上继续努力、不断探索，在题材上推陈出新，有更多更好的作品问世！

十六岁的"美梦" 六十岁的追寻

中国工业合作协会副理事长、资深记者　牟新艇

　　维扬的一本以书画为主题的新著《只研朱墨作春山》即将问世，不禁使我感慨万分，回想起了她在不到16岁那年，被"史无前例的疾风暴雨"摧毁了的那个"美梦"——成为"美术家"的梦！

　　由于她从小在北京市少年宫国画组学习国画，1966年初，在北京景山学校读书的维扬凭着她的"一卷国画作业"，打动了中国人民解放军艺术学院负责招生的老师，破格允许这位只有初中文化的小女孩参加高等艺术院校的提前考试。

　　在最后一场以"喜事"为命题的创作画考试中，别的学生大多以热闹场面渲染着各种喜事，而维扬的画面却是：一个梳着两把小刷子的女孩，正对着镜子试新军装，镜子旁边放着一张"解放军艺术学院"的录取通知书。画面简洁，寓意深刻，主题切题，人物生动。维扬的这幅即兴创作再次征服了负责招考的所有老师，被主考官评为当年考生的"最优"作品！

　　两个月后，维扬通过了政审、体检、文化考试，收到了中国人民解放军艺术学院舞台美术系的录取通知书和入伍通知书，当天她兴奋得夜不能寐。当"美术家"的梦想和"当兵"的梦想将同时在一个十五岁的小女孩身上实现，维扬欣喜万分地憧憬着幸福的未来……

几天后，中央发了"5.16"通知，"文革"在全国展开，军艺招生工作暂停。主考老师不得不遗憾地通知维扬暂回原学校参加运动，承诺在三个月后到军艺开始学习……

然而，让人想不到的是，"三个月"竟变成了"十年"。在维扬的档案中，由于"老新四军战士"父亲的"历史问题"，被当时的"中组部"塞进了"不得入党、不得提干、不得升学、不得当兵"的通知。为此，一个花季少女所有的"梦"全都破碎了！

维扬被分配到工厂当了一名纺织工人。一个偶然的机会，她被临时借调到设计室工作几天，美术特长使她再次崭露头角。她打破了在丝织品上只搞一些几何花草图案设计的常规，别出心裁地在袜子上设计了一柄小小的宝剑作装饰，震动了整个纺织设计界。

然而，"设计室"那是个带有"宣传阵地"性质的岗位，由于维扬的"出身问题"再次与她无缘！

"美术家"的梦想成为维扬一生的心结。在近二十年的全国"两会"采访中，维扬在完成单位的采访任务后，有意无意地接触最多的正是书画界的各位艺术大师们。限于篇幅，她在本书中仅写了几位接触比较多、走得比较近的老师。而实际上，她当面聆听过教诲并从他们身上汲取了营养的老师何止书中提到的这几位。

在我的印象中，美术界大家靳尚谊、朱乃正、姚有多、刘勃舒、郭怡孮、沈鹏、黄胄、黄苗子、关山月、尹瘦石、刘炳森、毕克官、冯远、刘大为、张海、苏士澍、宋雨桂、李延声、杨力舟、袁运甫、王为政、王明明、龙瑞、何家英、袁熙坤、吴为山等，都曾当面对她有过教诲和指点，而且先后都曾给她题词和赠言。

维扬为许多书画家写过专访或做过长谈，或当其遭到不公正对待时代为申诉疾呼，或为其宣传造势摇旗呐喊，或为其举办画展、开展活动等等。你如果翻看维扬出版过的几本文集，就会处处看到她与书画家有缘：

《为取和平万万年》写的是中国佛教协会会长、书法家赵朴初；《红颜一怒为自尊》写的是剧作家、书法家吴祖光与国贸案；《万两黄金付官司》写的是画家吴冠中怒斥造假者；《梅花香凝两岸情》写的是画家王成喜访台为两岸交流牵线搭桥；《以德为首写春秋》写的是画家周怀民；《圆梦良宵》写的是画家刘宇一；《童心不泯的漫画家》写的是漫画家华君武；《一位透明的艺术家》写的是艺术家韩美林；《一壶斋主的故事》写的是鼻烟壶工艺美术大师王习三；《裸体行为与裸体艺术》写的是美术评论家陈醉；《真诚与责任》写的是漫画家丁聪。另外还写有《启功先生二三事》、《将军书法家邵华泽》、《冯骥才的神圣使命》、《听李燕讲那过去的故事》、《吴欢谈故宫盗宝案真相》等等。

在诸多老师的影响和指点下，近十年维扬重拾少年时的梦想，忙中偷闲开始作画。名师的指点使她的技艺不断提高，促使她有这些美术作品面世。六十岁了，维扬退休后，有了较为充裕的时间和相对平静的心境，她愿以手中的画笔，开始追寻她日思夜想的"美梦"！

我看了维扬大部分的画作，虽然欧阳中石先生、韩美林老师等都有较好的评价，但作为外行的我完全可以看出：这是他们对维扬执着于艺术的肯定，是对她勤奋学习的鼓励，是对她继续努力的鞭策。

正如韩美林老师在她美术作业上的批语："不错！维扬加油！"

是的，维扬加油！祝愿你"美梦"成真！

目 录

《双雀图》　维扬作

上篇 我的四季

女画家虞丹青专门为本书创作 　　　　　　　《四季图》

第一章　春天的梦想

一　北京市少年宫国画组——梦开始的地方

北京市少年宫

我的父亲叫朱泽，1941年他曾就读于新四军鲁迅艺术学院华中分院美术系。在当年抗日战争最艰苦的时候，他与我的母亲马坚先后毅然参加了新四军。他们为打败日本侵略者，为共和国的创立和建设立下了卓越的功勋。

他们是我人生的第一任老师，也是我兄妹六人及子孙后代的人生楷模。父亲朱泽毕生对美术的由衷热爱，影响了我兄妹几个人。记得我童年最大的快乐，是父亲经常在周末带着我们几个孩子，去离家不远的中国美术馆参观，一幅幅精美的大师作品让我们如痴如醉、流连忘返。

当年北京和平门外的琉璃厂、王府井大街的老东安市场是我们全家最爱逛的地方。当时名家字画的价格比起现在还算便宜，即便是有时遇到价格较贵的十分心仪的名家作品，父亲咬咬牙也会买回来。

我家墙上的名家字画是经常轮换着挂的。《毛主席走遍全国》虽是印刷品，因父亲格外喜爱还挂了好几年。陈伯达、康有为的对联也在我家墙上挂了好久。"文革"之初全国刮起破"四旧"之风，我家的字画也遭了殃。李白、杜甫的艺术陶瓷被摔得粉身碎骨，部分珍贵的明清字画也被迫付之一炬。

1960年至1963年，我们几个兄妹正在长身体的时候。记得那时候我们经常吃不饱，孩子们虽然饿得身体已经浮肿，但对美术的兴趣仍然不减。在北京

2011年5月我到北京市少年宫故地重游

景山学校学习的大哥、二哥、我和弟弟先后考上北京市少年宫国画组。记得那是在小学三年级时，经过考试我被北京市少年宫美术组、音乐组同时录取。因两个组的上课时间有冲突，我便忍痛放弃了音乐组到国画组报到，开始专心学习中国画。

北京市少年宫在历史上曾经是清朝的寿皇殿，建于清乾隆十四年。设有宫殿九间，另有左右配殿，神厨、神库、井亭等，殿前有宝坊、石狮。寿皇殿是仿清太庙形式建造，是清代供奉皇室祖先影像的场所。

1954年经北京市市长彭真的批准，将位于景山公园北面的寿皇殿辟为北京市少年儿童校外活动场所，更名为北京市少年宫。

鲜艳的红墙黄瓦在千年松柏的映衬下格外醒目，雪白的汉白玉围栏，高高的石台阶，引导着孩子们从这里一步一个脚印地登上艺术的殿堂。北京市少年宫国画组那时就安排在位于大殿西面的西配殿里。

2011年5月在北京市少年宫国画组门前留念

在北京市少年宫学画的5年里，有两位教师令我至今难忘。

一位是中央美院毕业的乔志老师，他学贯中西，正值盛年。他教授我们绘画的基本功，人物素描是他的强项。是他让我懂得了物体的明暗关系，及怎样用铅笔画来表现物体的质感。

另一位老师叫马耀华，他是齐白石的得意弟子，画得一手绝好的大写意花鸟画。那时他40多岁，由于他走路时右腿跛得厉害，国画组几个淘气的学生给他起了个外号叫"马瘸子"，他听到了却并不恼。

马老师有一次上课时主动说起自己受伤的经历：那时他是一名学生，来到北京动物园写生。为了看得更清楚些，他奋力爬上一棵大树，蹲在树上画老鹰。时间久了，竟忘记了自己身在何处，作完画他刚一起身就从树上摔了下来，当时就摔断了一条腿。他从不因此后悔，还经常教导我们说画画最好的境界就是要忘我。画荷花、牡丹、菊花、老来红、梅花、竹子是他的看家本领，老鹰、小鸡、喜鹊、八哥、麻雀在他笔下仿佛每个都会飞走。每堂课他教我们一种花鸟的画法，如何用笔、用墨、用色他都一一示范。马老师要求我们回家后还要反复练习，下一次上课交作业时他也要一一点评。

与当年北京市少年宫的同学，全国政协常委、著名画家王明明重逢在"两会"

马老师喜欢带我们外出写生，偌大的景山公园就是我们天然的大课堂。有一次我们正在写生画牡丹花，晴朗的天空突然阴云密布，大雨点噼里啪啦往下掉。下雨了，有的学生叫喊着往教室方向跑着，想到屋里避雨。马老师挥手劝阻大家说："回来！快回来！你们难得观察到雨中的牡丹，它的姿态是最美的，谁也不许跑！"同学们坚持着在雨中完成了这一课，这是我童年学画时，最难忘的一堂风雨美术课。

当时的北京市少年宫国画组老师按照中国画传统技法的要求，结合西方美术教材内容，按照其科学逻辑的联系对我们授课。乔志老师注重提高学生的写实能力，强化学生素描、速写功力的培训；马耀华老师注重教我们中国画的笔墨功夫和品味。

学校还经常邀请当代名家到少年宫为我们上课，那时候陈半丁、胡佩衡、吴镜汀等书画大家都给我们上过国画示范课。在寒暑假期、周日上课时，我们还有接待外宾的任务，常有外国人来参观我们上课。那是马老师特别高兴的时候，他向外宾一一介绍自己的学生和作品，笑容满面地像介绍自己的孩子一样得意。

在我们20多个同学中，有不少人后来成为著名美术工作者。其中有些人还成为了书画大家、知名学者，如王明明、苏士澍、王镛、戴士和、任志俊、肖大原等都是从这里走出来的。那时的北京市少年宫可以说是少年成名、英才辈出。

《馒头熟了》 朱维峰作

《挥汗图》 朱维峰作

多年以后，我的大哥朱维群虽然成为一名党的重要部门的领导干部，但由于在少年宫打下的基础，他的美术修养很高，经常应邀忙中偷闲为美术界朋友的书画展开幕式剪彩，并能对他们的作品提出中肯的评价。

我的二哥朱维峰"文革"前考上了中央美院附中，1969年去了黑龙江省建设兵团，他当过指导员，一干就是十年之久。上世纪80年代他回到北京，在中央美院任团委书记。不久，他又考入中央美院油画系学习3年。2008年他的油画作品《挥汗图》参加上海举办的全国知青美展受到好评，该作品被中国美术馆收藏。他因此成为中国美协会员，成为一名职业画家。最近他创作了《我的战友我的连——北大荒的春夏秋冬》，反映了北京知青在北大荒的艰苦生活。

[春] 北大荒的春天是在抢播抢种中度过的，春天播下千斤种才有秋收万斤粮。拖拉机牵引着三联播种机在黑土地上奔驰，壮美无比。

[夏] 每年夏锄是连队最忙的季节。为铲去野草全连出动在田间吃三顿饭。铁牛满载女战士从高坡上飞速冲下，留下一片笑声。

[秋] 黑土地上最艰苦的劳作莫过于垦荒。新建居住点上男战士向新盖的房子上摔大泥，身边的白桦林默默注视着这些年轻的垦荒者。

[冬] 年轻的兵团战士在零下40度的严寒中兴修水利。巨镐撼冰土，挥汗结冰霜。有力不能及的女知青悄悄抹着眼泪。远处一抹朝阳恰似这特殊的青春岁月。

《我的战友我的连——北大荒的春夏秋冬》 朱维峰作

我的弟弟朱维毅很有美术天赋，他当年在少年宫打下的美术基础，到山西插队时发挥了积极的作用。他笔下的一幅幅漫画，生动地记述了知青在农村山区的生活场景，可惜他那时的作品都没有保留下来。上世纪的80年代末他在德国留学，获得柏林工大的工学博士学位，美术成为其业余爱好。当他拍摄、制作专题片时，其美术特长会充分展示一番，令人惊叹。他现在成为了一名职业作家，中央电视台"人物"栏目、国际广播电台、《北京青年报》等对他进行了专访和专题报道。先后发表了《留学德意志》、《寻访二战德国兵》、《德意志的另一行泪》等重要著作品。

《德意志的另一行泪》
朱维毅 著

其中新作《德意志的另一行泪》问世后，获得了全国作协副主席张抗抗的好评，著名作家陈祖芬、张扬为他的新书撰写了书评，给予了高度评价。《读者》、《作家文摘》、《解放军报》、《文汇报》等报刊对新书及时予以转载。北京人民广播电台、北京电视台、人民网等媒体对他作了专访。

《寻访二战德国兵》
朱维毅 著

我因为"文革"的变故，没有走上美术专业的道路，至今仍觉得是一种巨大的遗憾。但是对美术的爱好伴随我一生，让我结交了很多美术界的大家和前辈，这些亦师亦友的美术界朋友使我终身受益匪浅。

2010年春，我和北京画院院长、全国政协常委王明明在全国"两会"期间谈起马耀华老师，他告诉我马老师在"文革"中受到残酷迫害，愤怒的他用一把火把自己的作品全部烧了，后来人也变得精神不太正常……听了这番话我心里很难过，后悔这么多年没有抽空回去看望值得尊敬的马耀华老师。

《留学德意志》
朱维毅 著

北京市少年宫的5年学习时光，是我童年的美术梦想开始的地方。难忘那些可敬可爱的老师的身影；难忘儿时可爱的同伴、同学；难忘少年学画成功时的喜悦和创作时的青涩；难忘暑假中，我与弟弟朱维毅头顶着烈日，奋力翻越景山公园主峰的景象，我们为赶到北京市少年宫上美术课，曾多次在山坡上流下汗水；更难忘的是，在景山公园的绿荫中写生时，身边飘过阵阵的鸟语花香；然而最难忘的是马耀华老师在讲评孩子们作业时，目光中流淌着那种殷切的期望……

在北京市少年宫5年学习期间，我有几十张比较满意的作品。在1966年初报考解放军艺术学院舞台美术系时，我的作品交给校方审查。"文革"中作品被学校弄丢了，造成我终身的又一个遗憾。

1963年我参加少年美术比赛获奖纪念本

最近我搬家，偶尔发现了一个破旧的绿色速写本，是我于1963年9月4日参加北京电视台少年画画比赛得到的奖品。在本子里面居然有我的四张小画，画的是《白毛女》中的喜儿、《红灯记》中的李玉和、李铁梅和《红灯照》剧照，虽然当时我的画工稚嫩，毕竟是我12岁时的作品，失而复得的少年时代作品对我是格外的珍贵。此次把其中三张小画一并收在书中，算是对我在少年宫学画的一种纪念吧。

即将迈入60岁的我，从2010年3月开始筹备出版这部小书，把它当作对自己少年时代的一个纪念，也是我送给马耀华老师灵前的一瓣馨香。难忘师恩，恩师难忘啊！

2011年5月22日，我和父亲、二哥、弟弟、妹妹、外甥一行专程来到北京景山公园，大家特意进入北京市少年宫里转转。这里的红墙黄瓦依旧，庄严的大殿依旧，苍翠的古柏依旧，曾设在西配殿的国画组虽然改成了管乐组，但把西配殿的高台阶当成滑梯玩的孩子们的欢笑声依旧。面对旧日的课堂，我仿佛回到从前。

谢谢你，我们的少年宫。1966年离开这里，45年了，这里曾是我们这代人梦开始的地方。

2011年5月我们兄妹四人陪父亲到北京市少年宫故地重游

我12岁时在北京市少年宫学习期间幸存的作品

二 解放军艺术学院——梦破碎的地方

1966年的新年刚过，我的一个女同学拿着《北京日报》刊登的一则广告来找我，上面说解放军艺术学院要提前招生了。

当兵可以说是我们那个年代几乎所有孩子们的梦想。我当时是北京景山学校十年一贯制的八年级学生，相当于是高一学生吧。我们翻阅了报纸刊登的招生简章，明文规定军艺的招生条件是应届高中毕业生，须年满18岁。我当时15岁，高中还没毕业。当兵和学美术这两样选择都是我多年的梦想，虽然硬件条件不够，但凭着在北京市少年宫美术组打下的基础，我还是决定去报名，试一试我的运气。

在两个同窗好友的鼓励和陪同下，我抱着一卷国画组的作业，来到解放军艺术学院报名处。位于北京市海淀区魏公村的解放军艺术学院，门口站着一位庄严的哨兵。我们壮着胆子上前说明来意，他放我们进去了。报名处一位年轻的解放军叔叔接待了我们。他看了看我学生证上的年龄，摇摇头说："你还太小了。快回去吧，过几年等长大了再来吧。"我连忙打开一大卷国画作业说："叔叔，你看看吧，我学画画都学了五年了。"陪我来的同学帮腔说："她是北京市少年宫国画组的高材生，还是我们班的美术课代表。"那个解放军叔叔叫来几个同事，开始认真翻阅我的作品。看了几张画后，他们悄悄商量了几句。那位叔叔说："你的基本功还不错，你把画留下，先办个报名手续吧。行不行要等考试以后再说。"我喜出望外地领取了一张报名表。

过了一周，解放军艺术学院寄来了准考证——我被破格允许参加高考了！

20世纪60年代我穿上军装排练样板戏

二月初，我走进了解放军艺术学院舞台美术系考场，连续考了三天。第一天考素描。一个女兵坐在考场中间，让我们画人物写生。素描是美术的基本功，有乔志老师的嫡传，我笔下的人物既生动又准确。监考老师特意走到我身边看了看，他很满意。

第二天考水彩画。桌上摆了几种水果和茶壶组成的造型，这种静物水彩画是考学生处理色彩的功力。在北京市少年宫，我虽是主攻水墨画，但水彩画是入门的基本功，我还能画得像模像样。监考老师走过来看了又点点头。

第三天是考命题创作。由于不知道要考什么题目，我想自己的强项是国画，就给自己准备了两张宣纸、几只毛笔、一个墨盒、一盒国画色。到了考场，主考老师宣布今天考试的题目是"喜事"，要求大家在150分钟内完成，考生们立即紧张地忙开了。

我想起少年宫的老师讲过，美术创作首先要源于生活，立意要表现作者的理想，搞创作时有一个巧妙的构思很重要。我想到这次来考试，首先是出于热爱美术，同时还想参军当一名光荣的解放军战士。突然，我的灵感来了，我决定画一个女兵，她第一次穿上军装，笑眯眯地对着镜子在学敬军礼。

我铺开自己带来的宣纸，开始打草稿。敬礼的手型很难画，当时画面改了好几次，我总觉得手画得不够准确。突然我发现考场上有一面墙全是镜子，我走过去，对着镜子画自己学习敬礼的手。很快草稿画好了，我拿出自备的笔墨颜色，开始钩线着色，不到120分钟我的创作完成了。当我签好名字盖上印章交卷时，才猛然发现我是第一个交卷的人。几个监考的老师围上来看了我的作品，不禁流露出赞许的目光。

我看到考场上的学生们都还在忙碌，有一个同学画了十几个人敲锣打鼓去报喜的大场面，连铅笔稿都没完成。有一个同学画大人们办婚礼的场面，因人物众多，已到交卷时间了颜色还没涂完。还有的人刻画农村棉田大丰收了，一大群人在田里摘棉花。大多数考生选择的题材是大场面，人物众多，色彩鲜艳，比较费时费力。大家观看了我的作品，公认我作品的画面是以少胜多又有新意。

整个考场上，我是唯一通过画一个人物来表示"喜事"这一主题的，我又是唯一自备中国画宣纸和笔而来的。考场上学校为大家准备的是图画纸和水彩色。交卷以后考生们互相观摩作品，这一批考生的创作成绩高下，当即一目了然。接待我报名的那位解放军叔叔也在场，他对我笑着点点头。走出考场我心里有底了，这三天的三场考试我无疑是成功了。

回到学校不久，解放军艺术学院派人对我进行了外调、政审。等体检、文化考试合格后，军艺的主考官对年龄不足的我决定破格录取。他们认定我是一棵优良的美术苗子，很有培养前途。

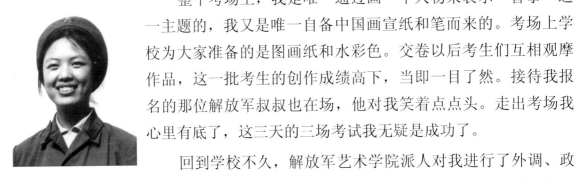

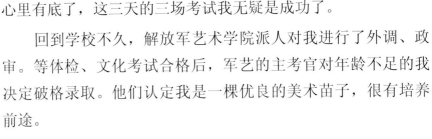

我青年时代喜欢借别人的军装拍照，以此来圆自己破碎的当兵梦

四月初，我收到解放军艺术学院正式的入伍通知书。我的老师和同学都为我高兴，八年级二班的30个同学为我召开了欢送会，还集体到大北照相馆照了张大合影留念。我还借了军装，照了相片留念。

永远不会忘记那一天，我兴冲冲赶到解放军艺术学院舞台美术系报到。接待我的解放军叔叔说："中央刚发了'5.16'通知，我们解放军院校也要参加无产阶级文化大革命。招生工作要暂停一段时间，你快回学校上课去吧。"我问："那我什么时候再来呢？"他说："大约等三个月吧，你不要因此放松练习绘画。等到九月一号开学，我们就是战友了。"他热心带我参观了军艺的教室、宿舍、食堂和操场。走出军艺大门，失望的我长途跋涉十几里走回家。当我告诉家里军艺招生的这场变故时，妈妈说："等等吧，不就三个月嘛。"谁知道这一等就是十年！

1978年以后，已经27岁的我，看到报纸上有解放军艺术学院恢复招生的消息，怀着一线希望我又赶到军艺的门口。接待的军人告诉我，当年主持考试的老师都不在这里了，你们这批学员的档案都被打砸抢的人们毁掉了。我这才知道手中保存的准考证、入伍通知书早就变成了废纸。当年我交给学校的北京市少年宫国画组的一大卷作品已无处可寻，当年参加考试的考生卷子早不知去向了。他还特别指出："目前你已经超龄了，不能参加这次的新生报名考试了。"

　　面对残酷的现状，欲哭无泪的我转身走了。不知走了多久，才从海淀区的魏公村慢慢走回位于北京西城区月坛北小街的家。

　　直到今天，45年过去了。每当回忆我的人生往事，中国人民解放军艺术学院舞台美术系的破格录取，都是我心中永远的骄傲。十年的"文革"浩劫，毁掉的岂止我一个人的美术梦、当兵梦、将军梦。它毁掉的不仅是中国几代人奋斗的成果，还毁掉了一代人的梦想。

　　我的春天，我的梦想，在我15岁那年，因那份"5.16"通知戛然而止。

　　解放军艺术学院，那是一处令我梦碎的地方、心碎的地方。虽然参军梦破碎了，但我对军人历来格外崇拜，对军装格外喜爱。一有机会就喜欢借别人的军装穿上照几张相，过一回当兵瘾。

　　现在跑全国"两会"时我经常会碰到从军艺走出来的名人，如傅庚辰、刘大为、李存葆、李双江等全国政协委员。我有时暗暗在心里说，当年我可是你们的学长啊！

我被军艺录取后借来军装拍照留纪念　　　　　穿上军装过把当兵瘾　　　　　　练习敬军礼

第二章　　冬天的伤痕

一　我的母校——北京景山学校

我的春天是这样短暂，还没有经过正常的四个季节的轮回，整个人仿佛一下子掉到了冬天的冰窟窿里。

1966年夏，"文革"在北京红卫兵破"四旧"的喧闹声中进入了"红八月"。毛主席在天安门广场上先后八次接见来自全国各地的百万红卫兵，文化大革命形势发展得很快。全国像一把被火点燃的干柴，霎那间火苗子乱窜，人心就大乱了，各种院校及企事业单位的秩序全部打乱。

每一个老百姓都担心自己会在"文革"中掉了队，纷纷报名参加各种群众组织，各地的红卫兵组织都在以"革命的名义"行动起来。当时全国几乎所有单位的大大小小的领导干部，都受到造反派残酷的冲击。红卫兵给当权派、地、富、反、坏、右戴上纸做的高帽子，让他们弯腰成90度，撅着屁股挨斗称为"坐飞机"，成为那个年代一种"革命"的时髦。

作为全国教育革命的试点学校——北京景山学校，我的母校变成了《人民日报》等权威报纸点名批判的、修正主义教育的实验田。从校长到普通老师，纷纷被批判或被打倒、被羞辱。方玄初校长、贺洪琛书记多次被大会批斗。记得在一次批斗会上，有一个冲动的男学生找来一桶大粪就往他们身上泼；漂亮的女团委书记盛玉华被剃成了可怕的阴阳头；曾连续三年教我们中国古文课的于共三老师被逼得跳楼自杀了。面对那一切凶残的行为，年少的我不知所措。明朗的校园上空，霎时间变得寒风阵阵、阴风凄凄。

文化课是不能上了，很快我们被安排到外地，去学农、学军、学工。在农村参加劳动时，大家比着谁更能吃苦。夏天早上5点钟就起床下地拔麦子，两个手掌被麦秆勒得全是一条一条的血口子。冬天奉命修水渠，春天挖坑去栽树。最苦的是，每天挑着几十斤重的大桶，走十几里地挑水来浇地，肩膀被压得又红又肿。最惬意的是秋天到山区摘苹果，虽然人累些但苹果可以敞开了吃。同学们白天累得直不起腰来，晚上还要参加访贫问苦。每次开会传达毛泽东最新指示后，造反派要组织大家学习不能过夜。人人要对村里的阶级斗争的新动向表态，地主、富农及子女经常被拉出来批斗游街。

村子要宣传农业学大寨，我因为会画画，被推选去为公社画壁画和宣传画。所谓壁画，就是在农村土墙上刷上大白粉，再往上画大幅的农业宣传画。记得当时村支书要求我画丰收的庄稼垛，画肥硕的老母猪和猪仔，还画过成群的羊羔，画过胖胖的农村娃。那时我虽然画得很辛苦、很认真，往往一整天才画好一幅作品，第二天老天一下雨就把画面冲坏了。农村干部、老乡们夸我画得好，又让我重新画。那时艰苦的学农生活中，我还能脱产画画，可说得上是苦中作乐。

1968年7月，我离开了北京景山学校。

母校对我是难忘的，那时中央领导主张学生要德智体全面发展。我们从小学三年级就开始学文言文、学古诗词，上初中时《古文观止》中的名篇可以倒背如流。小学五年级就要求开两门外语课，每学期举办一次全校的外语晚会，德语的《国际歌》我就是那时学会的。

课余我除了上北京市少年宫国画组，还报名参加了北京中学生摩托车队、射击队。我那时参加全市民兵的半自动步枪表演赛，百米射击比赛中3枪打过28环。教我们这些小学生的老师，大多是北京师范大学刚毕业的青年人。他们风华正茂时来到我们身边，一心一意搞教改，结果在"文革"中很多老师莫名其妙地挨了整。

当母校成立30年举办校庆时，我回过母校。当年的同学大多已白发斑斑，相互之间都不敢相认了，相反是老师们的外貌倒是变化不大。我把自己前几年出版的人物专访作品选集《维扬眼中的名家》，送给我上八年级时的班主任董淑萍、政治老师孙颖辉、化学老师孙小梅等，他们都高高兴兴拿着我的书和我合影留念，他们以有我这样的学生为骄傲。

同学中竟然已有好几个去世了，回忆当年的校园往事，大家都有说不完的话题，但是在欢笑声中含着酸楚。

母校不仅帮我打下扎实的文化基础，还注重培养我的学习能力，培养学生多方面的爱好和生存能力。当时我在班里同学中间，平时最好的成绩是语文和美术。美术虽然没有成为我的职业，但影响了我的人生。严格的语文训练成为我在上世纪的80年代竞聘记者、编辑的实力资本，从而决定了我职业生涯的选择。

当年那些年轻老师们的辛勤劳动，使我们这些学生中人才辈出。我国当代有几百位将军、部长、学者、外交官、艺术家、记者曾在北京景山学校这块园地里萌芽，他们是从这里出发的。

我为自己的母校北京景山学校而骄傲。这20多年来，我的新闻写作虽没有取得太大的轰动效应，但是我的选集《同是一个太阳》、《维扬眼中的名家》一直是中国书市的畅销书，出版社已经再版。

20多年来，我在中国老龄化社会到来引起的急剧变化过程中，以一名记者的敏锐采写了大量报道，还组织了各类老年公益活动，编辑出版了一大批老年学术著作。我积极宣传应对老龄化的国策，为我国实现健康老龄化做出了自己特有的贡献。这一切都可以说是我对母校教育的回报。

母校是我度过人生的严冬时，脑海里常浮现的那一抹彩霞，那温暖的粉红色回忆至今铭记在心。

二 我的母亲——40年未愈合的伤痕

2010年10月4日，我们兄妹五人及孙辈的几个代表，一行十几人从北京来到位于江苏省南京市的隐龙山公墓，为我的母亲马坚扫墓。匆匆的行程，如梭的岁月。

一晃，母亲离开我们竟然40年了，此时一切仿佛回到从前。

我的母亲马坚是一个特别刚强的人。

2005年8月，我们兄妹几个曾到江苏省盐城市阜宁县母亲的老家——马集子给外公外婆扫墓。妈妈当年的女伴已80岁了，老态龙钟的她看见我们一行，激动地对乡亲们说："如果我当年同她一起参军就好了！你们看看，马坚的儿女现在个个都有出息啊。"

是啊，当年在苏北农村一个家境较好的女孩子，离家参加了新四军，无疑是当时的一大新闻。母亲与父亲是皖南事变前后，在抗战最艰苦的时刻，毅然投身到抗日救亡的队伍中来的。母亲作为新四军的一名医生，在战斗中不知救助过多少伤员和患者。我父亲就是在生重病住院时，结识了我的母亲，彼此由相知而相敬。不久，共同的理想和志向使他们收获了爱情。

1947年3月，母亲在苏北射阳县一家老乡的掩护下，生下了我的大哥。在最危险的时候，我母亲带着新生的儿子几次通过敌人的封锁线。事后，我父亲抱着新生的孩子对母亲说："没有群众的掩护，就没有我们这个孩子的生命。我想给他起个名字叫维群，含意是希望他长大以后，要一辈子维护群众的利益。"我母亲含笑点头表示赞许。

从此，我家的孩子在起名字时，姓名中间都带有一个"维"字。我因为出生在扬州，而扬州别名称维扬，遂起名维扬。

全国解放后，我母亲带着我和弟弟在上海医学院读书，我父亲带着两个哥哥、姐姐在北京中央马列学院学习。1955年，我们全家8口人第一次团聚在北京。童年时我家的孩子多，经济上虽不宽裕，但是我们在精神上总是充实而且欢乐的。

1966年秋，在"文革"的漩涡中，我的父母都分别受到群众运动的冲击。1967年夏，父亲被中组部中监委革委会的造反

我的新四军军医母亲

1947年我的父亲、
母亲和我的大哥

派疑为"叛徒"和"漏网右派",贴了一屋子大字报,扣上一系列莫须有的罪名,随即他们抄了我的家。

那一天我正在家看书,一伙造反派押着父亲来抄我们的家,领头人之一是住我家对门的邻居霍叔叔。他们里里外外翻了大半天,连纸篓都翻了个底朝天。在我家没有发现任何贵重之物,便抄走了父亲的一捆笔记本、一些字画和书信。

当晚等孩子们都回来了,父亲召开了家庭会议,对我们详细讲述了自己的全部历史。要求我们不要怀疑党,不要怀疑毛主席,要经得起组织上的考验。父亲沉痛地表示,最近听到中宣部有几个老朋友因扛不住批斗而自杀了,他为他们感到痛心。沉寂了一会儿,他声音哽咽地说:"我在任何情况下都不会自杀的,人如果没了,那么历史真相就永远说不清楚了。我们要相信群众、相信党,相信我的孩子们能正确对待这件事。"

母亲爽朗地拍着父亲的肩膀说:"我相信黑的和白的是不能颠倒的。没关系,大不了咱们回老家种地去!"父亲看着我们兄妹苦笑了一下。他提议:"孩子们,咱们一起唱个《新四军军歌》吧!"在父亲的指挥下,我们大声唱起了这支从小就喜欢唱的红歌。在歌声中,我们兄妹六人仿佛一下长大了很多。

1969年夏,母亲终于病倒了。她本来身患高血压已多年,这几年经常在单位挨批斗,性格刚烈的她因拒不检查自己犯了所谓的"路线斗争"错误,被停止了党的组织生活。不久父亲被扣上"严重历史问题"的帽子,发配到河南"五七干校"边劳动、边审查。

我家的四个孩子响应党的号召,或到山西插队上了山,或到黑龙江兵团戍边下了乡,或分配在沈阳当中专老师而谋生,母亲身边只剩下我和小妹维华陪着她。母亲马坚作为一个老党员，因长期被北京钢厂造反派停止参加党的组织生活，时而气愤，时而焦虑。

1969年秋的一天，母亲正做着晚饭，她突然感到手腕一阵麻木，菜刀咣当一声掉到地上，当时连话也说不清楚了。

我立即送病情严重的母亲到她曾经工作过的北京宣武医院看病。接诊的大夫说："最近林副主席有个一号命令，全国要准备打仗了。再说医院也不能收你这样被审查的干部。"大夫随即开了几副不大管用的药，随便打发我们走了。

我回家写信给父亲报告母亲的病情，母亲当时很希望父亲能回家，又怕父亲见信后担心着急，她含泪嘱咐我要把自己的病情写得轻一些。

父亲好不容易请了假，但当他赶回到北京家里时，母亲已经半身不遂并且失语了。父亲到处为母亲求医，由于当时住不进医院，又没有好药可寻，母亲的病情被人为耽误而日益严重，使她又患上脑软化。

不久，中组部"五七干校"的军代表多次打来电报，催父亲立即归队。父亲要求多给几天探亲假，军代表就是不批准，竟然在电话中说："你究竟是要革命，还是要老婆？"他们随后又打来一封电报："立即归队！逾期不归，停发工资。"父亲无奈地准备悄悄离开北京的家，再回"五七干校"接受审查。

离开家的前一晚，父亲亲自用勺子服侍母亲喝中药汤，母亲嫌药太苦摇着头不想喝。心里难过的父亲为此发了脾气，他说："马坚，在战争年代你从来不是懦夫，现在你更不能没有信心，你的病一定可以治好的，咱们全家人都盼你好起来呢！"母亲含泪吞下了苦药汤。

第二天早上母亲醒来，她双眼失神地望着白白的屋顶，她知道父亲已默默离开了。在不到一年时间里，瘫痪在床的母亲一天天忍受着疾病的煎熬，人病得面孔都脱了像。她一天天期盼着远方的爱人和儿女能再回到自己的身边。但是，她始终没能再见到同样思念着自己的爱人和四个儿女。恶劣的政治环境隔绝了一家人的团聚，母亲在绝望中身体每况愈下。

1951年父亲、母亲合影，我于同年出生

在她最终昏迷之前，曾几次拉着我的手落泪。坚强的母亲被病魔逼得终于放手了，她突然失去了知觉，我立即送她到医院抢救。大夫检查后写下病危通知书。护士说："你的母亲突发脑溢血，你们家属快安排后事吧。"

我赶到邮局给在外地的所有亲人分别打电报："母亲病重，望速归。"因怕他们着急，我没敢用"病危"这个词。父亲、大哥、大姐、二哥、弟弟接到电报，他们明白情况的严重性，立即往北京赶。

1970年10月4日，母亲在北京阜外医院昏迷了7天之后，在亲人温暖的怀抱中，在儿女们殷切地呼唤声中，没有任何一丝回应，默默地永远离开了我们。

母亲原单位的领导闻讯后，立即派人催着办火化。

在追悼会之前，父亲含泪挥笔写下挽联："年仅四十七痛惜离世过早，革命三十年应喜后继有人。"此语如刀刻般铭记在我们兄妹的心上，后来此联刻在石碑上，一直立在南京母亲的墓前，它时刻提醒着我们不忘母恩，努力前行。

二哥朱维峰接到北京发来的"母亲病重，望速归"的电报，猜到情况危急。因为他当时是连队指导员，请假比较困难。当他请了假，从遥远的黑龙江心急如焚地踏上火车，在路上颠簸了三天三夜赶到北京时，母亲的遗体已经火化了。他一进家门，看见墙上挂着母亲的遗照，急痛攻心的他高大的身躯像一座山似的倒在地下，晕倒在母亲的灵堂上。

我记得当年二哥离开北京时，母亲亲手为二哥做了鸡汤，自己坐在一旁看着他喝下去才安心。母亲送二哥走到汽车站，眼望着汽车已经消失了很久，还不愿转身回家。现在却突然间母子天人永隔，怎不令儿子心碎……

转眼母亲离开我们40年了。这些年，每年一到母亲的忌日，我家的孩子不论各自身在何处，都会用不同的方式怀念我们的母亲。

我有一位伟大的母亲，她永远活在我的心里。她孝敬父母及公婆，关爱丈夫和子女。在上世纪的60年代初，为了给我们兄妹增加一点营养，她把单位每月发给干部的一点特殊待遇，一种用杂粮做的"富康粉"拿回家，一勺一勺的分给我们兄妹吃。她不怕被人家笑话，捡回饭堂里别人丢弃的鱼骨头，用火烤干了给我们吃了补钙。她还用枯萎的蔬菜叶子泡水发酵后，做成了当时报刊上提倡的"人造肉精"给我们做汤吃。这些事现在看着似乎有些可笑，当时却出于母亲对儿女的关爱和无奈。

家里平时吃饭时，她既要照顾丈夫又要照顾孩子，自己经常不敢吃饱。结果她饿得双腿浮肿，手指用力一按，皮肤就会出现一个凹坑，很久都弹不起来。这样的情况下，她坚持骑车上下班每天往返二十几里，下班回到家还要给一大家子做晚饭。

母亲忘我的精神，通过言传身教告诉我们应该怎样做人，应该怎样做事。今天我们所能取得的一切，是母亲抚养教诲的结果，母亲的美德已成为我们的传家宝。

"子欲养而亲不待"。

母亲是在那个动乱的年代，六个孩子没有成年之际，没有来得及享受到子女的任何回报就离去了。她在昏迷之前，一定有很多未了的心事。她短暂人生的悲惨遭遇，每次回想起来常常使我忍不住要落泪。我很想为母亲画一张肖像，又总怕画不好，迟迟没有动笔。

写这本书，算是我送给母亲的一件礼物吧。

2009年有一段时间，我晚上经常会梦到母亲，醒来后心里非常难过。为此我特意到北京雍和宫花2000元，请高僧为她和早逝的姐姐朱维红做过一次法事。在庄严的大雄宝殿上，在钟磬伴奏的诵经声中，冉冉升起的平安香烟雾环绕着我，我默默地告诉她们我家三代人的工作和生活现状，冥冥之中我仿佛听到了她们在天堂里的笑声。

我愿意相信人是有灵魂的。祝愿我的母亲马坚在天之灵能够安息。她和姐姐若能看到我们这一大家子四代人今天的幸福生活，

征途伴侣
朱泽马坚画传

题字：朱泽　编绘：朱维峰

《朱泽马坚画传》封面

一定会无比欣慰，母亲毕生的付出是我们今天一切幸福的源泉。

2006年，我的二哥朱维峰特意回到老家，在实地考察的基础上，广泛搜集资料，用三个月的时间精心编绘了长达102页的《朱泽马坚画传》，生动刻画了父母的传奇历史。父亲朱泽题写了书名"征途伴侣——朱泽马坚画传"。二哥的诗作"华中抗日建传奇，新四军中结夫妻。征途艰难多坎坷，天上人间共此时"烫金印在封面上。弟弟朱维毅整理并加工了100多张家庭的老照片，以《老照片：一个家庭的历程》作为画传的第三部分。大哥写了《家风》一文作为画传的序。我们四个兄妹及已故姐姐朱维红的儿子王冀川各自写了怀念文章，合辑为《关于母亲的回忆》，作为画传的第二部分。这部图文并茂的画传自费印刷了几百册，送给我们的亲人和父母的老战友。看到的亲友大都感慨地说，这是儿女送给父母最好的礼物，它是一个大家庭的传家宝。

《朱泽马坚画传》的出版是我们这个家庭的一件大事。5年了，我会时常翻阅它，仿佛母亲就在我的身旁。

亲爱的妈妈！你的儿女没有忘记你，你的血脉在我家传承，我们永远怀念你！

5.父亲儿时家里人口多，家境清苦，勉强可以维持生计。祖父倾全家之力送贤臣一人上学读书。老家是水网地区，往返都乘船。为了保证贤臣上学，每天奶奶在粥锅里煮一小袋干饭，只许父亲一人吃，其余人无论田里活儿多重，只能喝稀饭。

57.朱泽退入西屋，又迎门打了一枪，突然子弹卡了壳，手枪失去了作用，朱泽夺门而出，冲向开阔地，守在门外的土匪葛长龙刚要开枪，一看来人是朱泽，于是把枪又放了下来。

67.1946年春节是抗日战争胜利后的第一个春节。马坚调驻罗桥的军区医院，经过东坎来看朱泽。解放第四军政治部主任薛尚实大笔一挥，朱泽和马坚正式结婚了。

《朱泽马坚画传》选登

第三章　　夏天的汗水

一　自学成才的人

1968年我参加工作成为纺织女工

夏天，无疑是美好的季节。

我的夏天来得太晚，因勤奋学习和加班工作而常常累得大汗淋漓，我的夏天，在我的记忆中由此而格外浓烈。

1976年10月粉碎"四人帮"，我和祖国一起获得新生。我们生于五零后的人，像所有被"文革"耽误了十年的这一代人那样，总觉得每天的时间不够用，每天总有许多的事情做不完。

1978年9月，我有了孩子牟晓楠，错过了刚刚恢复的全国高考。

1980年春，经过短期的文化课突击复习，我考上了北京市职工大学，开始了边工作、边学习的个人奋斗历程。那时候我属于半脱产，职工大学每周有三个半天、两个晚上的课。我经常需要骑车一个小时，到位于北京市劳动人民文化宫的北京市职工大学上课。学校老师布置的大量作业，全靠夜里加班来完成。

为了读好书，我不得不狠下心到处求人、找关系，想办法把还不到一岁的孩子送到幼儿园去整托。每个周末当我下课后，骑车飞奔到幼儿园接她回家时，总看到她孤零零一个人坐在幼儿园的小凳子上，被耽误下班的阿姨从不给我们娘俩好脸色，至今想起仍觉得对女儿歉疚。

我平时既要工作又要读书，还要连续应对校内外各科的考试。除了靠个人的勤奋和吃苦外，还要感谢北京景山学校当年给我培养的自学能力，感谢那些老师帮我打下的文化基础。

为了夺回失去的10年岁月，迅速提高自己的文化水平，我完全是自找苦吃。我在读职工大学的同时，决定报名参加北京市高等教育成人自学考试。当时，那是一个新生事物。起初有很多人积极报名，但最终能坚持下来跑完全程的人并不多。

在长达3年多的时间里，令许多同龄人惊讶的是，我做到了工作学习两不误，自学高考的每门功课都能一次性地通过考试，教委规定的25门中文专业课、选修课我都是高分通过的。

记得上个世纪的80年代，夏季的天气特别热。在夏日夜间苦读，家里没有空调或电扇，经常是一把扇子伴我到深夜。功夫不负苦心人，我自学高考的大学毕业论文获得北京师范大学优秀论文奖。

当我在北京市职工大学顺利毕业时，北京电视台"长城内外"栏目组采访了我，《北京晚报》、《北京日报》相继报道了我。因我们那一批学生是在北京市劳动人民文化宫内上课的，媒体上称我们是"紫禁城里走出的大学生"。

可以说我是双喜临门。1983年夏，在位于北京中南海的怀仁堂里，我参加了北京市委举办的首批高等教育成人自学考试学生的毕业典礼。为了表示重视教育，当时很多党和国家领导人出席，为我们颁发大红的毕业证书。

那一年我32岁了，是北京市第一批取得高等教育成人自学考试、中文专业毕业证书的人。现场激动的毕业生中，我发现很多人的年龄比我还要大许多。我们通过参加自学考试这种方式取得了大学学历，得到了社会的认可，从而拿到了改变个人命运的红色通行证。

我的大学毕业证书上盖的是北京师范大学的大红章。有些不知内情的人，或许认为高等教育成人自学考试不够正规，学生的质量没有保证。负责北京成人自学高考出题的大学教授知道，只向社会公布各专业的学习参考书，而没有公布出题参考范围的考试，其难度之大，只有经历过实战

为了上学读书，我把还不到一岁的女儿牟晓楠送去整托

的人才能体会到的，它完全可以考出一个学生的真才实学和应试水平。

不久，北京市委宣传部需要招揽人才，派人到北京市职工大学考察毕业生。在面试了诸多同学后，对我的学习成绩和综合素质很满意，提出要调我去北京市委办公厅工作。

可惜当时的单位不放人，因此我没有走上仕途。

我认为自己应该算是一个自学成才的人！

1968年7月我参加工作，当过3年非常辛苦的纺织女工。当时由于我的父亲受审查，没有得到"解放"，我连参加民兵的资格都没有，每年国庆节的群众游行都不让我参加。

1970年因我把班组总结写得特别好，厂领导发现了我的写作特长，遂抽调我到宣传科"以工带干"，当上了宣传干部。

20世纪80年代李昭同志任北京市纺织局党委书记，是我的直接领导，曾对我给予极大的关心和教诲

我的美术特长随之得到发挥，北京纺织局每次举办各企业的黑板报比赛，我的作品都能拿到大奖。我在《北京晚报》、《北京日报》、《市场报》等报刊陆续发表了百余篇新闻稿件，为北京纺织系统和我们厂争了光，我多次被评为全局的"三八红旗手"。

这其间我边工作边读书，取得了中文本科学历。

此时，我不甘心在已经工作了15年的纺织企业宣传科再呆下去了。

北京市委宣传部发出商调函，协商要调我去市里工作的消息，在企业内传开后，一瞬间全纺织局的舆论像炸开了锅。老厂长对市委的人说："朱维扬是我们自己培养的大学生，我们还要用呢，不能放人。"其实他对我想离开非常不满，不理睬我，把我冷冻起来。

我虽然对这个企业有很深的感情，但觉得这里的天地太小了，我下定决心离开这里。1983年改革开放的年代已经开始了，外面世界的精彩变化，冲击着人们的就业观念，我开始寻找人生新的出路。

20世纪90年代，我第一次采访"两会"后在人民大会堂前留影

二　新闻战线的新兵

我听说光明日报社正在招聘，决定试试自己的运气。一位年轻的副主编接待了我。他翻看了我搜集整理的、历年在各媒体发表的新闻作品剪贴本，兴奋却又严肃地对我说："你是有备而来啊，我不给你任何许诺，每个人都要试用三个月，行吗？"我同意了。

此后，我工作之余外出采访，晚上到印刷车间实习，了解新闻出版的每个环节和流程，还承接了报社布置的组织社会活动的任务。北京市第一个企业家俱乐部是我发起组织的，我策划的社会活动很快有了经济效益。三个月后，编委会根据我的能力和业绩一致同意录用我。

我来到厂部打了报告，提出要辞职。厂长思考了半天，笑眯眯地说："厂里培养一个司机要花2000多元。培养一个大学生可比培养一个司机难多了，你必须交2500元的培训费，我就可以放人，否则别人会对我有意见的。"我愣住了。

当时我的月工资50多元，干一年的工资加奖金不到800元。要交2500元！相当于我干三年多的工资，当时这一笔钱对我真是一个天文数字，顿时觉得天空一片乌云，想走人是没有丝毫希望了。

我找到光明日报社分管人事的领导，心中忐忑地汇报了厂里让我交2500元的培训费才放人的情况。不料他听后轻松地说："单位要你交2500元钱？我们报社出钱没问题。你到财务去申请一张支票，我马上就签字。"当时我就呆住了，没想到眼前的这位社领导竟答应得这么痛快？

看看我不解的表情他笑着说："你是我们报社发展急需的人才，这笔钱是你前一段工作赚出来的，这事你不用谢我。以后咱们就是同事了，今后还要一起好好为咱们报社新闻改革干一番事业呢。"我听了心头顿时感到一股暖意，暗暗地把他视为自己的"伯乐"和知音。

当我兴冲冲把光明日报社的支票交到老厂长手里时，他立即反悔了。没想到我真能有办法交上2500元。他改口说："我跟你不过是开玩笑嘛，你怎么就认真了，厂里是不会放你走的。"我回答："感谢厂长对我十多年的培养，我想调走的事想了好久了。现在交了2500元培训费，已超过这三年厂里累计为我交的上大学的学费，别人对你放我走应该不会有意见的。而且我是到大报社工作，以后厂子有大事要见报宣传，你还可以来找我，我肯定会帮你这个忙的。"老厂长说："这事不能我一人说了算，班子要开会研究才能定！"听到此，我的心一下子又凉了。我知道这都是托词，怎么办？

"找李昭书记去！"忘了是谁提醒我，当晚我敲响了李昭大姐的家门。

第二天我去厂里上班时，老厂长把我叫到办公室，一边说，你可真有神通啊！一边无奈地在我的辞职报告上签了字。我有些留恋的和办公室的同事们一一告别。

从1968年到1983年，我最宝贵的15年青春岁月是在这里度过的。我在这里经受了社会课堂的磨练，为这里的发展流过汗，流过泪，流过血，受过工伤，身体至今留下伤痛。北京景山学校给我的阳光教育在这里经常碰壁，是众多老师教我的知识帮我改变了命运。

我17岁时走出校门，刚来这里报到时，这里是一家只有100多位职工、平房破败的小小织袜厂。15年后，我参与打下地基的厂区已是高楼林立。它已发展成为有上千名员工的现代化针织大厂，我国第一台现代化的日本进口的长筒袜织袜机在这里安装调试，并且试生产成功。第一双国产连裤袜从这里走

每年采访"两会"后我都会在人民大会堂前留个影

向全中国，进而走向世界。中央电视台、北京日报等媒体相继对此事做了报道，其中也有我的宣传策划和文笔在里边。

我从一个青年纺织女工成长为一个宣传科长，从一个被他人鄙视，被称之为"可以教育好的子女"，成长为北京市第一批自学成才的中文专业大学生。

15年了，我可以自豪地说，我没有虚度人生最宝贵的青春年华，我感谢生活所给予我的一切。苦与乐，悲与痛，辛与酸，多元的生活体验，让我认识了中国社会和工人阶层的生活状况，青春的苦难塑造了我的坚韧和自信，改革开放的春天使我获得新生，艰苦奋斗成就了我的昨天和今天。

我的青春在记忆中像夏天一样的炙热、辛辣。我在生活的碱水里泡过，在毒热的烈日下晒过，在漫漫的长夜里熬过。我曾在误会里挣扎，在同事的嫉妒里成长，在政治歧视的屈辱中奋起，在自学考试的课堂里成熟。

1984年初，一个北京纺织局企业优秀的宣传科科长，实现了职业的华丽转身，我生平的第一次跳槽取得成功。

从此，我成为中国新闻界的一个新兵。

这是我第一次自主的职业选择，我得到了创作上的自由。

1986年，我来到中国老年杂志社，先后担任政理部主任、编辑部主任、编委、社长助理等职。1991年我到全国政协新闻办争取到一个记者名额，开始连续20年采访全国"两会"。

2006年初我离开中国老年杂志社，为筹备我国承办的第八届亚洲/大洋洲地区老年学和老年医学大会，来到中国老年学学会任副秘书长。尽管工作繁忙，每年的三月我仍继续采访"两会"。

我可能是全国连续采访"两会"时间最久的记者之一。"两会"的新闻大战非常辛苦，很多记者在担任领导职务之后多不跑了。我看重"两会"的社会资源，会上会下我结交了很多好朋友。

明年我还会继续跑"两会"，20年——我想创造一个新的记录。

我在全国"两会"新闻中心

第四章　　秋天的收获

一　拂去风尘的珍藏

秋天，是一年四季中最富有诗意的季节。

常言说：种瓜得瓜，种豆得豆。

经过春的播种，冬的磨砺，夏的苦斗，我终于迎来金秋的喜悦，可以品尝丰收的果实了。虽然，我的成绩距离母亲的期盼差得很远。

我珍爱的名家题词簿

去年搬家当我整理旧物时，发现有几个纸箱的上面已积满了尘土。擦去灰尘，打开才发现里面装有我的几十本写满字的采访记录，还有上万张新闻采访照片及底片，另有20多本写满了各界名家题词的册页和采访录音带。其中只有很少一部分被我变成作品发表了，大多数手迹由于各种原因还没有来得及变成铅字，从来没有发表过，这是我作为记者生涯的一份独特的宝藏。

其中许多的采访对象，当时没有来得及写出来，人却已经故去。如黄胄、启功、尹瘦石、白雪石、丁聪、李准、管桦、马季、徐四民等等。还有一些是我采写过的人，但近10年中已先后故去，如吴祖光、新凤霞、吴冠中、钱伟长、吴阶平、赵朴初、雷洁琼、姚雪垠、章韫、章含之等等。他们的音容笑貌仍保留在照片上，保留在录音带上。其中还有许多我采访过的人，他们人还健在，仍活跃在各自的舞台上。稿件由于种种原因当时没有写成文，如冯骥才、宋雨桂、赵士英、冯远、何家英、邓友梅、崔永元、姜文、巩俐、潘虹等等。看到这些险些被遗忘的照片、录音和手迹，我心中难免泛起一阵苦涩和歉意。

我编辑出版的《祖国颂》画册、《世界因你而精彩》画册、《中国老年》杂志

往事啊！再久它也并不会如烟。它有着自身的价值，这是我20年采访积累下来的独有的财富。

20年来，我和这些人交往的情景，一幕幕画面在眼前流淌着。难道我真的变老了，怎么怀旧的情绪总是挥之不去？我责备自己，这些珍贵的东西从何时起竟被忽略了，让它们在沉默中积满了尘埃。

最近这5年，我总忙于行政领导和事务性的工作，动笔写作的时间越来越少了。我经常要为上级领导写报告，为社会公益活动写策划案，为合作企业写协议书，为本单位写各类报告、年终总结等等。这些工作文件类的东西，通常一年左右就变成废纸一堆。

虽然我还在继续跑"两会"，但手中的笔已经不如当年那样勤快了。我30多岁时跑"两会"，为赶上第二天的版面，写稿子可以熬夜，可以连轴转。现在总觉得忙碌，写作的事以后还有的是时间，可以慢慢来。由于事务缠身，对媒体的主动约稿我总是在推。加上我在电脑上打字速度比较慢，写作的愿望就逐渐转淡了。

面对泛黄的故纸堆和一盘盘录音带，我不能借口忙而原谅自己。因为这些故纸里面有我太多的激情和回忆，有太浓的友谊和期望。

老话说得好：千年的文字会说话。虽然现在年轻人热衷于上网，纸张印刷的书籍看的人少了，但是优秀文字的魅力是无法阻挡的。特别是我20年跑"两会"采访过的许多人物，他们都太优秀，每个人都可以称为人中之龙凤。他们和我交流的思想内容，如果我再不动笔，恐怕就要永远消失了。那样我就会辜负他们对我的信任，也对不起自己的良知。

这些故纸、照片、录音、题词，每一件都有它独到的价值，它保存的是我们两代人火热的生命。每一张纸的后面都有一个动人的故事，它是我和他们真挚友谊的见证。

我决定要拿出时间把这些故纸变成有生命的作品。当然，它不是我这一部小书所能承载的。我给它起的书名叫《维扬笔下的名家》，是《维扬眼中的名家》的姐妹篇。

它将是我的秋季里收获的另一颗饱满的果实。

《中华名家风采录》
沈鹏题

《中华名家风采录》
刘炳森题

《名家滴露》
欧阳中石题

下面刊登我收藏的部分名家题词、赠言及作品，其中有些人已故去，在此表示我对他们的敬意和永远的怀念。

肝胆永相照 荣辱皆不惊

雷洁琼

一九九六年元月

全国人大副委员长雷洁琼题词

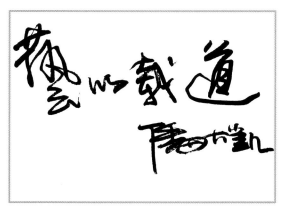

著名画家潘公凯赠言

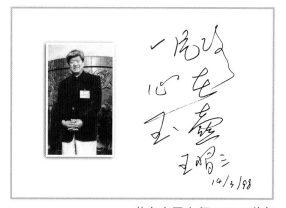

著名内画大师王习三赠言

著名画家王成喜赠言

著名画家王成喜赠画

著名画家靳尚谊题词

著名书法家沈鹏题词

著名书法家李铎题词

著名书法家刘炳森题词

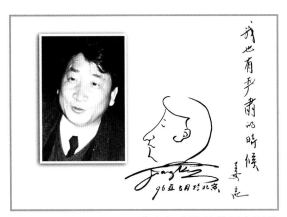

著名相声演员姜昆自画像

著名书法家尹瘦石题词

著名剧作家吴祖光题词

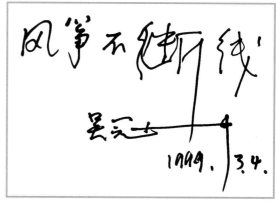

著名画家吴冠中题词

著名书法家沈鹏题词

著名书画家黄胄签名

著名画家袁运甫题词

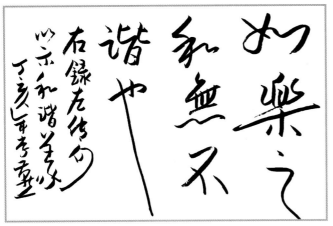

著名画家李燕题词

著名画家陈大羽题词

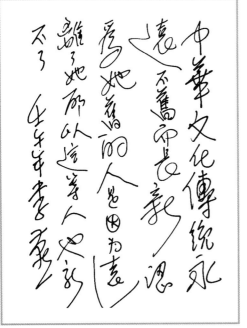

著名画家李燕赠言

著名表演艺术家王铁成赠言

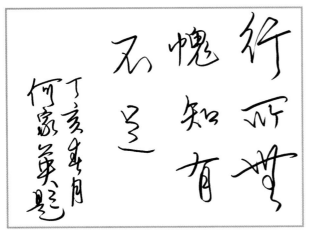

著名画家何家英题词

著名画家何家英赠画

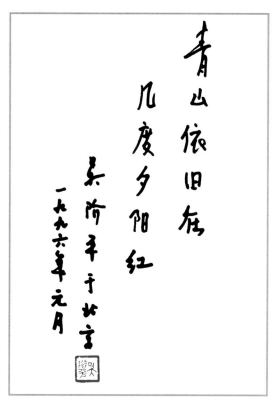

全国人大副委员长吴阶平题词

著名画家杜滋龄题词

全国政协副主席、中国佛教协会会长赵朴初题词

著名画家阿老赠画

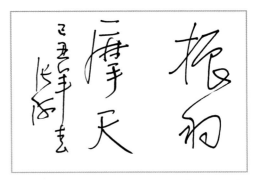

中国书法家协会主席张海赠言

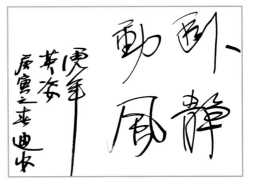

著名画家范迪安赠言

烏鴉尚反哺羔羊
猶跪足人不孝其
親不如禽與畜
古詩一首 劉炳森於雍陽

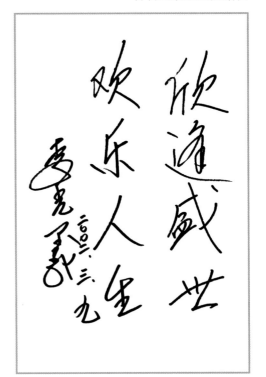

著名书法家刘炳森题词　　　　　著名歌唱家李光曦赠言

人民日报社社长邵华泽书赠　　　　全国政协常委、著名画家王明明题词

全国政协常委、著名画家王林旭小品　　全国政协委员、雕塑家于志成小品

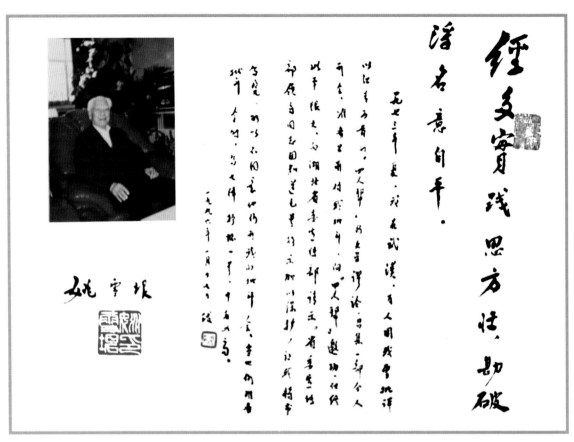

著名作家姚雪垠题词

著名画家杨延文赠言

著名表演艺术家王铁成赠言

著名画家赵士英赠言

著名画家宋雨桂题词

一日千里,使我警讶 启功自题

启功
1996.3.9

著名书法家启功题词

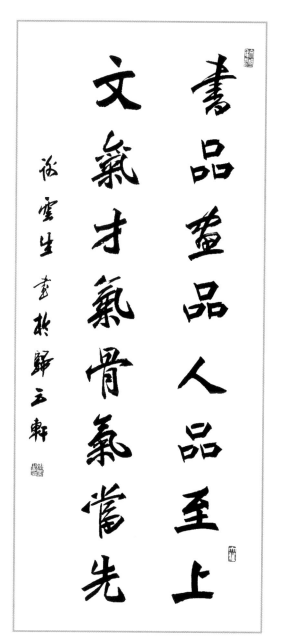

书品盖品人品至上
文气才气骨气当先

著名书法家谢云生作品

中国作协副主席、作家
冯骥才赠言

著名画家杨力舟赠言

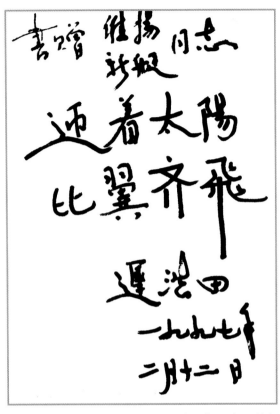

中央军委副主席迟浩田赠言

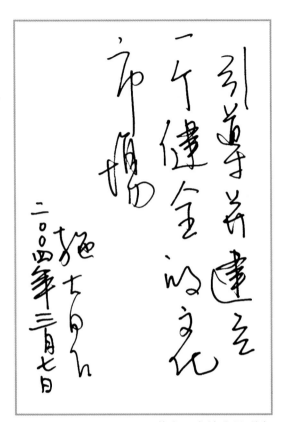

著名画家施大畏赠言

中国作协副主席、作家冯骥才赠言

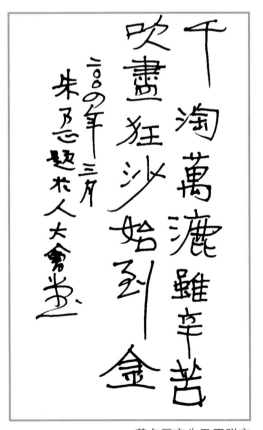

著名画家朱乃正赠言

二 以书结缘，以画交友

近几年每到逢年过节，我会收到和发出无数朋友间彼此问候的短信、邮件。对目前还不会使用短信的老朋友，我都会主动打电话过去，道一声珍重，电话里传来的声音要比短信更温暖一些。

在书画界我的朋友众多，是我秋天的收获之一。有诸多朋友的教诲和提携，是我重新学习绘画的历程能走到今天的原因。

回想起往事，对我一生影响较大的老师有很多很多。在这本书里，我只能写几个与我学画有关的老师。

观摩沈鹏先生创作

我学画的历史曾中断30多年，近10年才慢慢恢复了。好友书法家苏泽立10年前曾多次嘱咐我："你要把家中的画案铺好，把文房四宝摆上，抽空就画上几笔，你一定会画出来的。"

以前因为我家的房间较小，家中没有专用的画案。铺上画案不久，遇上家中来客或有重要事情要做，就赶紧把笔墨纸砚收起来。因常设画案不方便，导致我画画的机会就比较少了。

2007年，我换了一套大房子，特意留下一间房子做专用画室。从此我每天在家中都可以舞文弄墨了。几年画下来，我的绘画技艺大有长进。最近清点一下，我惊讶地发现有60多幅作品是比较满意的，书画界朋友也夸我的画技有进步。

请书法家沈鹏先生题词

2009年中国老年学学会编辑出版的庆祝建国60周年《祖国颂》画册，收录了我的两幅人物，一幅山水，一幅花鸟。当年的10月这些画在北京金台艺术馆展出期间，受到观众的好评。由欧阳中石先生

向著名书法家启功先生请教 　　　　观摩白雪石先生创作

给我题款的4平尺《婵凝》仕女画，有人当场出3万元想买走，我告诉说这是非卖品，他悻悻然而离去。我的作品能得到市场上的认可，心中难免暗暗得意，也算是敝帚自珍吧。

2011年4月25日，我和父亲、二哥在北京苏商永泰和会馆里，举办了两周的小型家庭书画展。一来纪念父亲参加革命70周年，二来庆祝我的60岁生日。展出期间举办了三次笔会，邀请的多是我在新闻界、书画界的知心好友。他们看了我的作品纷纷表示惊讶，有的多年好友竟从不知我还会画画。他们给了我很多鼓励，也有艺术上的忠告和指点。著名书法家米南阳先生应邀为我的两幅作品当场题款。著名书法家谢云生、金敬宇书赠我墨宝予以鼓励。著名画家王书平、田万荣等人与我的父亲现场合作了一幅花鸟画《春色无边》，大家欢聚一堂，以画结友。

1997年与将军书法家邵华泽合影

学习书画对我不仅是一门艺术修养，还是我广交朋友的一架桥梁。

2010年5月，中华全国工商联书画院在京宣布成立时，立刻有100多位书画家签约，可以说是我多年来以书结缘、以画交友的结果。

学习画画是在北京市少年宫的春天里播下的种子，走过长长的冬眠期，经过酷暑骄阳的考验，在秋天里它重新萌发了一派生机。

据我对中国书画界的了解，目前各类专业的、非专业的书画家有数百万人。能够被社会认可的当代著名书画家不过有几百名，其中知名度最高的大家只有几十位。中国大多数书画家的现状是生活清苦，其作品再好也难以变为现金。因此，目前书画市场上假字与假画泛滥成灾，即便是国内大型拍卖公司也不能对他们的拍品保真。其实假画不一定就是画作的水平不高，而是画家的知名度不高，只能冒他人之盛名换个人之温饱而已。

1995年采访吴冠中先生后合影

我对美术的爱好和研习会伴我一生。如果将来我的作品能为发展我国的公益事业发挥一定作用，就算对得起我童年学画的启蒙老师马耀华、乔志先生了，对得起与我交往20年的欧阳中石先生了。

艺术品的价值有时是不能用金钱来衡量它的高低，可悲的是它有时却需要市场的认可来检验，艺术品的价值与金钱的尺度衡量，有时还真分不开。

我相信友谊是无价的，艺术家的创造力是无价的。沿着我国文人画的传统走下去，我就永远不会后悔选择了这一条路。

当年齐白石老人曾60岁衰年变法，当今的我50岁重新开始学画，应该还不算太晚吧。

相信我人生的第二个春天，一定会比过去的那些年代更美好。

因为社会的文明在发展，历史的车轮只会向前。

观摩齐良迟先生创作

观摩孙菊生先生作画

与中国书法社协会副主席苏士澍在他的作品前合影

1987年采访肖克上将后合影

1995年采访全国政协副主席、
中国佛教协会会长赵朴初

1993年与徐启雄、黄苗子、启功、尹瘦石
（从左至右）在一起

1993年陪全国政协副主席杨汝岱（左）
观摩韩美林（右）现场创作

2011年7月获赠北京市政协主席
陈广文作品后留念

2010年与中国书协主席张海先生合影

1992年采访画家王成喜后在他的作品前合影

1991年观摩画家王成喜先生创作

"两会"期间参加全国政协书画室笔会与画家们交流。执笔者为靳尚谊，左一为李燕，左二为扬力舟，右二为王铁成

观摩全国政协委员、画家杨延文挥毫

向著名画家宋雨桂（中）当面请教

2008年与全国政协委员、画家何家英合影

兔年手持著名画家邢振龄赠品留念

只研朱墨作春山

著名书法家苏适专为本书题写书名

欧阳中石先生为我的作品题款

第一章　恩师欧阳中石

1928年欧阳中石先生出生在泰山脚下。他的生日从不告诉学生，因为怕知道了要给他祝寿。他生日确切的日子是10月29号，是我与欧阳中石先生交往20年来最近才偶然得知的。

1991年3月，我结识欧阳中石先生在北京召开的"两会"上。

当时欧阳中石先生63岁，我40岁。他已是享誉国内外的著名教育家、书法家、文化名人、全国政协委员，我是中国老年杂志社跑"两会"的记者。20年来，我们已成为忘年交，欧阳中石先生和师母张茝京对待我像对自己的孩子一样爱护。

多年来，我经常在欧阳中石先生家中碰上他的研究生来上课，先生就让我坐下来旁听。能听先生讲课，是我的一种享受。桃李满天下的欧阳先生带过的博士生、硕士生毕业了一批又一批，只有我这个"编外弟子"从没有毕业之说，我也从未想过要"毕业"。

2006年的一个春天，我在欧阳先生家中闲聊。我郑重地对先生说："我听您的课已经很久了，特别想正式拜您为老师行吗？"欧阳先生看到我的态度是认真的，他想了一会儿笑了。先生说："你看还有这个必要吗？"我说："先生，当然太有这个必要了！拜师这件事我想了很久，只是觉得自己还不够资格，怕先生您不肯收我为徒。"

欧阳中石先生站起身，从里面书房里找出锦盒包装的一套毛笔送给我，郑重地说："这个送给你，算是我收弟子的礼物吧。"我惶恐地双手接过来："今天，我还没来得及给老师准备拜师礼物呢。"他说："礼物？那就不用了，你下一次上课可要带作业来给我看的。"

我提出希望欧阳先生写一幅字给我，作为收我为入室弟子之凭证。他爽快地答应了，走到桌旁提笔写下："维扬十余年前与我相识，颇为相得。今日持画来共同讨论作画之事。知她十分诚恳，遂赠笔锥及小照片。想她日后必大有进步，且待诸明日也。中石手识。"小照片上是欧阳中石先生画的一张国画玉米。大喜过望的我双手接过欧阳中石先生的墨宝手迹及小照片，遂向欧阳老师深深鞠躬，拜他为师。从此，我向他学习更加自觉、更加刻苦了。

现在大多数人知道欧阳中石先生是大书法家，却很少有人知道他曾是齐白石的得意弟子。十多年前，我采访欧阳中石先生时，无意中发现他家中墙上挂了一幅寿桃，很像齐白石先生的笔意。走上前仔细观看，发现落款是中石先生的。

欧阳中石先生遂告之他与齐白石先生学画的一段经历：

青年时代的欧阳中石曾向齐白石老人学画，白石先生很喜欢他的天分，曾主动送他一枝毛笔，这按我国书画界的习俗，意味着正式收他为徒。后来欧阳中石以不喜欢这枝毛笔为由，就托人把毛笔退还给白石老人，无意中竟自己把老师给"炒"了。

白石老人再见到他时，既不责备也不以为怪，只是说："你这个孩子，太调皮。"仍然在授课时点拨他。青年欧阳经常在白石老人作画时，站在桌旁认真观摩，时间久了自然得到老师的真传。

我知道欧阳中石先生的国画功力及文化底蕴很深，自己又有齐派花鸟画的基础，我向欧阳中石先

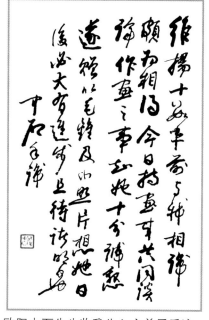

欧阳中石先生为我批改作业："维扬学画已然居能得其仿佛矣。"　欧阳中石先生收我为入室弟子手迹

生表示要向他拜师学国画。尽管欧阳老师很忙，对我这个"编外弟子"仍诲人不倦。忙里偷闲，他陆续画下了荷花、玉米、金鱼、松柏等课徒画让我回去临摹。欧阳中石先生作画时的落款爱用"石中"二字，粗看起来像"不中"二字。先生自嘲说：我的画是"不中"的，即还不够好的意思。这是他自谦，本书收有先生的几幅国画作品，中或不中，读者自会有公论。

特别珍贵的是欧阳中石先生知道我出生于江苏省扬州市，遂写了一首诗《句咏扬州》送给我："暮春三月望扬州，爱瘦西湖翠映楼。二十四桥桥下看，金鳞自在水中游。"为了表现这首诗的意境，先生画了两条金鱼送给我。其中一条鱼是红的，另一条鱼是黑的，他把鱼儿的尾巴画成透明的，小鱼儿游水的姿态非常生动。我把先生的《咏扬州》诗配画挂在家中的墙上，经常琢磨欣赏，时时刻刻能感受到欧阳老师对我的期望与关爱。

每一次上课，欧阳中石先生会教给我一种用笔用墨的技巧。如齐白石画河虾的头部是怎样巧用浓墨，才能显得虾的身体透明，画虾的须子怎样才能画得活泛而有弹性。

欧阳中石先生教我写字要怎样持笔，手腕不能太较劲，笔尖在纸上自然运行，才能把字写得有力量而不死板。

有一次谈到对临摹的看法，先生告诫我："临摹对每个

欧阳中石先生赠我《句咏扬州》："暮春三月望扬州，爱瘦西湖翠映楼。二十四桥桥下看，金鳞自在水中游。"同时赠金鱼课徒画一幅。

人学习的初期很重要，所谓'意临'我是不赞成的。'摹'即便没有神，而只要形似就有半仙之体。'意临'可能会形不似而神似，那就叫魂不附体了。"先生还告诫我："所谓要博采众家之长是骗人的。你不可能见什么'临'什么，先要把一家'临'得好了，'临'得第一个字能完全一样了，再临第二个字才有可能一样。如果你选各家都临一番，由于学得太杂，心眼太活泛往往学不成的。只有

欧阳中石先生给我作书法示范

学习某一家，下功夫学得死才可能成功。"是欧阳中石先生的谆谆教诲，把我引进书画艺术的大门。

欧阳老师曾送给我一幅字："心随旭日，永被光华。"我回家后反复临摹多次，从中挑了一幅较好的习作带给他看。他看了大加赞许，提笔在我的习作旁边写下批语："此帧无款不知出自谁手，抑予前旧作？维扬云是她近制，不敢置信也。中石手识。"（作品见第93页）这样的批语让我心中惭愧得很，分明是欧阳老师对我这个弟子的鼓励。我深知自己的书法水平距离老师的期望还差得太远，他的关怀像初升的旭日一样温暖着我的心。

2010年春，友人告诉我，最近网上有人发表对欧阳中石先生很不友善的攻击言论。上网浏览了以后，我认为凭借自己多年对先生的了解和观察，那些攻击性言词荒诞得不值一驳。流言只能为社会上某些不了解真相的人平添了一些谈资，这对一个80多岁的老人无疑是一种恶意的伤害。我赶到欧阳老师家中看望先生，既想当面安慰他，又怕因我的到来扰乱先生的清净，心中难过又忐忑不安。

先生像往常一样与宾客谈笑风生，等客人走了开始认真批改我的作业。面对外部世界的纷扰，先生不为所动的胸襟令我肃然起敬。我忍住心痛，决定什么也不对先生提起。诲人不倦，有容乃大，这就是我所敬佩的欧阳中石先生。

回想欧阳中石先生与我交往的这20年，师生之间没有任何

功利性的因素。他甚至多次阻止我写他的专访，他拒绝了许多媒体登门为他写传记的要求，名与利对他只是浮云而已。

2005年11月，中国书协为欧阳中石先生与沈鹏先生在中国美术馆举办"当代大家书法邀请展"。对"大家"书法展，先生始终表示不愿接受"大家"这样的提法。

等到展览结束了我去家中看望欧阳先生，他再次表示冠以"大家"的名头实在不敢当。先生提笔在"书法大家邀请展"的画册上题诗一首送给我："大家难副意惶惶，头上加冠不敢当。如坐冰毡寒欲堕，青衫懒散系名缰。——为大家展吟句以自遣。"落款中石。这绝不是先生在作表面文章，而是发自内心真情的流露。

近几年我因为从事老年公益活动，为筹办全国性书画展览多次向欧阳中石先生求字求画，他都慨然应允，及时交出精品而分文不取。他应邀为各地的学校、文化单位题写匾额无数，不取分毫。很多晚辈请他题写书名、展标，先生一一承诺，未取毫厘。

欧阳中石先生给自己身份的定位仅仅为"我是一个教书匠"，他拒绝人们给自己冠以各式各样的封号。20多年来他多次捐资兴学，其中有一次捐款二百万元给学校，作为首都师范大学北京书法研究基地的奖学金。欧阳中石先生日常生活非常简单，他在家中穿着简朴得似乎有些寒酸，夏天的圆领背心几乎穿烂了还舍不得丢掉。

1995年，我因病在北京空军总医院住院。该医院离欧阳中石先生的家很近，他知道我生病住院了，担心我在医院吃饭没有营养，热情邀请我到他家中吃饭。他是山东人，平时喜欢馒头、煎饼之类面食，菜吃得很清淡。先生的日常三餐非常简单，因我去吃饭中午才加些荤菜。我不愿给他与师母添麻烦，去过几次就不再去蹭饭了。先生对我这个"编外弟子"的关怀爱护，点点滴滴，至今难以忘怀。

欧阳中石作品

有一天，我与欧阳先生谈起自己的母亲病危时的景象，他也谈起自己母亲临终前的情景，老母对家中的人谁都不认识了，只接受欧阳一人的服侍。师生两人同病相怜，我们都感慨母爱的伟大，同时都因作为子女对母亲不能多尽孝而伤感。在先生的房间永远摆着自己母亲的照片，由此我知道先生在家中是一个大孝子。

一次，我向先生谈起自己单位工作中的诸多不愉快，请先生帮我分析排解。他说："我写几个字给你。"欧阳中石先生提笔写下一首诗："甩掉一个我，丢掉许多恼。我本无所求，苦乐都拉倒。"并嘱我多念几遍。我接过了先生的墨宝，读懂了先生诗作的含义，心中难免羞愧。

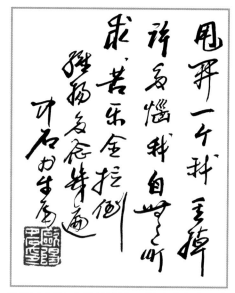

欧阳中石先生题笔赠诗一首劝我多念几遍

后来当先生遇到社会不公舆论的对待时，我晓得欧阳中石先生心中无"我"，自然就无恼了。先生身为公众人物，被某些人误读是难免的。先生临危而处之泰然，我相信任何流言都中伤不了他。

1998年欧阳中石先生给牟新艇题本命年赞"赫赫威仪在，矫矫气势雄。"

我为牟新艇先生画虎年生肖画，邀欧阳中石先生题款。先生题《生机勃勃》，并题跋文"新艇初度，维扬亲制以为贺礼，可见情笃如此，深以为敬遂题。"

欧阳中石先生赠我"夕阳红无限，松柏翠更苍"课徒画

今年初在欧阳中石先生家里一次闲谈中，提到网上有人对欧阳中石先生攻击这件事，我表示了极大的义愤。欧阳中石先生的老伴张茝京师母笑着对我说道：我们对这件事的态度是"见怪不怪，其怪自败"，一笑了之，一切生活照常。她还告诉我，首师大党委领导对网上攻击事件很重视，立刻派专人调查取证后，向中国文史馆、中国书协、中国文联等有关单位正式打了报告，有理有据地澄清了事实，保护了欧阳中石先生。此时，面对师母瘦弱的身躯慈祥的面容，我感受到她内心世界的强大，她与先生60多年一起携手走来，没有任何风浪能干扰他们内心的宁静。

欧阳中石先生对自己有个四句话十六字的概括："少无大志，见异思迁，不务正业，无家可归。"我理解这是他的真言，包含了老子所说的"不争"之"争"，也包含了他的"不中"之"中"。

最近，我在课后向先生请教问题，问他怎样看待书画市场上假字泛滥问题。先生说："造假字当然不好，但写假字的后果不如食品掺假的危害大。假字嘛，它起码不会害死人。"

我谈到有些人摹仿先生的字在外面卖钱，问他有何感想。欧阳中石先生幽默地说："首先谢谢他们，他们很辛苦。我没有时间做的事，他们替我做了。第二，替他们抱委屈，写字费力半天还不能堂堂正正署上自己的名字，要写我的名字，冤不冤？第三，可以算一笔帐，现在外面漂着署我名的字，可能有十分之一是我写的，十分之九是别人写的。这里肯定有写得好的，有写得不好的。老百姓把写得好的算我头上，把写得不好的算在他们头上了。唉！我同情他们的处境。如果摹仿我的字能养活一些人，我是不会主动去打假的。"这番话让我又一次感受到欧阳中石先生宽广的胸襟。

师母告诉过我两件事。有一个学生毕业后，靠造欧阳中石先生的假字来谋生。几年后，他专程来到家中向先生道歉。他说："老师，我这些年靠卖先生的假字赚钱，买了一辆小面包车，过上了好日子。现在我把自己摹仿先生刻的名章交回，以后再也不干这种缺德事了，请您原谅我。"欧阳中石先生当即扶他起来，当面谅解了他。还有一个学生毕业后，因为自己单位的领导喜欢欧阳中石的字，下令让他去找先生写一幅字来。这个学生感到很为难，就回家临摹了一张欧阳中石先生的字送给顶头上司交差。该领导一高兴，当下批了3000元作为润笔费给他。他立即来到欧阳家中，刚进门就给先生跪下，拿出3000元告知此事，痛哭着请先生原谅自己。欧阳中石先生同样原谅了他。由此可以看到欧阳中石先生对自己学生的宽容和爱护。

欧阳老师在我的眼中，他不单纯是一个教育家、书法家、

欧阳中石先生为我与父亲合作画
《松鹰图》题款

2011年4月，我60岁生日时在欧阳中石先生家中，持玩具兔共庆辛卯年

欧阳中石先生为我的孔雀画题款

京剧老生奚啸伯门派的掌门人，对社会他还是一位施者，广结善缘。在家中他是一位慈父，在学校他是一位良师，而对朋友他是一位益友。欧阳中石先生对我的呵护、教诲、启迪，使我的后半生受益匪浅。每当看到自己学生的点滴进步，是欧阳中石先生最惬意的时候。

"施要比受有福"，施者欧阳中石先生是一个有福之人。

欧阳中石先生曾书赠我一首他自己非常喜欢的古诗：

"依依脉脉两如何，细如青丝渺如波。月不长圆花易落，一生惆怅为伊多。"

这首诗告诉世人，人间的真情最难寻找，也最难保持，因而也最为珍贵。

20年了，欧阳中石先生和师母对我施教的恩情，是我在秋天里的最明朗的记忆。平时他们两个人都爱笑，他们双眼中的微笑含着赤子之纯，常常给我一种安心的、充满智慧的、温暖的感觉。

每一次来到欧阳中石先生家，总能找到一种回家的感觉。

师母与我亲切交谈

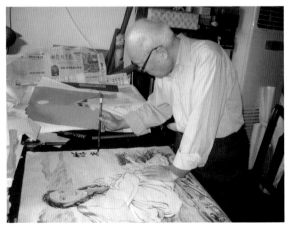

欧阳中石先生为我的新画题款

第二章 亦师亦友韩美林

我认识韩美林老师之前，首先喜欢上了他笔下那些可爱的小动物。

1991年在香山饭店全国政协委员驻地，我第一次见到他，发现韩老师特别像一个大顽童。他见面喜欢打招呼，称老朋友是"同志们"。向大家告别时，他爱学孙悟空敬个"猴子礼"。平时他喜欢讲笑话，热衷于邀请朋友到家中聚会侃山。每逢全国政协会议期间，百十号文艺界的政协委员最爱到韩美林家里大聚会，这种大聚会被全国政协委员叫做我们的"小政协"，他的家里摆满了各种艺术品，就像一个小小的卢浮宫。

1992年在韩美林家采访后合影

采访"两会"20年，我偏好到文艺界的三个小组听会。这里可谓是群英荟萃，不时能听到委员建言的精妙之论。韩美林在"两会"发言喜欢"放炮"，他因我国文艺界存在的严重问题而痛心疾首。他常爱说的是："政协、政协，就是一半正，一半邪。"他多次发言大声疾呼，对文化界的丑恶现象予以抨击，往往得罪了别人自己还不知道。

大家都喜欢韩美林老师的画。每次开会时，韩老师带着大量的纸和笔上会。在会议休息期间，他没有任何大艺术家的架子，应邀为参会的委员、代表、记者、服务员们画画，可以说是有求必应。因此我能有机会多次观摩韩美林老师现场作画，暗暗向他偷艺。

中国的年俗，每年都有一个动物属相当值。韩老师为大家画的动物属相画特别受欢迎。虎年画虎，牛年画牛，鼠年就画鼠。很快十二年轮下来，他把所有的动物属相画了一个遍。突然有一年，韩老师开始画美女了，他拿出自己的美女作品给全国政协委员们观看。

韩美林老师对我说："有人说，韩美林嘛，充其量就会画画小动物，画不了人物。我就不信了，今年我开始画最难的人体，你们看画得怎么样？"他拿出的作品让我和大家一样惊呆了，人体画得太美了！

山水、花鸟、人物、动物，最能考验画家功力的画种是人物的裸体。韩老师画的人体画挂历，每一个人体都美轮美奂，简洁生动流畅的线条，使画中的人物充满了生命的张力，美人仿佛呼之欲出。他应邀在挂历上签了名送给我。

2008年后，我回家后开始临摹韩老师的人体画。看起来似乎简单的人体线条，真到我下手动笔才知道其难度之大。我画的人体比韩老师画的就差了许多活力和生机。

有一次我到他家中请教绘画，韩老师说：我现在就画给你看。他示范给我画了两张课徒画，一张美女是侧面的全身，一张美女是背面的全身。他告诉我，画人体关键在掌握骨骼的变化，

2010年韩美林先生为我批改作业："头发线条有些乱，胸部以下很畅通，不错，维扬加油。"

要多写生才能掌握奥秘。他打开一个图画本，每一页上画了十几个人体速描，非常准确生动。韩老师告诉我，他只要不出差，每天要站着画十几个小时的画，熟才能生巧。

我回家后，买了许多人体画册，大量临摹。一年后，我带了三张作业向他请教，韩老师当面夸我的画有进步。韩老师在一张画面写下了："头发线条有些乱，胸部以下很畅通。维扬加油。美林。"在另一张画面写下："维扬加油，不错。美林。"这两张习作能得到韩老师的充分肯定，我高兴地向他道谢。他顽皮地对我开玩笑说："原来社会上的那些假画是你画

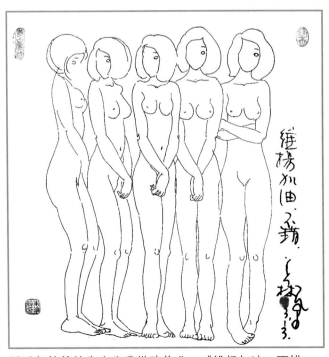

2010年韩美林先生为我批改作业："维扬加油，不错。

的啊！？"这完全是他作为老师对我这个学生的褒奖和鼓励，其实我差得太远了。

2011年3月，我又见到韩老师。他送我两大本厚厚的大画册，一本是《嘣山嚼水》，一本是韩美林人体课徒画稿选——《几回明月》。他告诉我说："这是一本上百页的人体课徒

2011年兔年韩美林先生为我赠言并作画："辛卯得寿得福能升官就升，不能升就当老百姓。"右为牟新艇

画，信不信由你，这本书稿是我两天之内用了不到两小时画出来的。我肚里的东西像抽丝一样不断，像甩籽儿一样成千上万，而且不会重样。全部画稿都是默写，我已背熟了所有人体结构。大街上仿韩美林的假画像海洋，都是从我画册上搬下来的。你看我的画从不重复，我不靠重复过日子。当年我的老师就是这样教我的，绝不重复自己和别人。"

韩美林最得意的事，是吓你一跳。令我吃惊的是韩美林的山水画册《嘣山嚼水》，是如此的与众不同！

中国作协副主席冯骥才在前言中说道："美林会画山水吗？打开画册，老实说没见过这种山水。没有具体的实在和确切的形象。没有传统的勾皴点染，没有古人也没有当今任何已知的熟悉的面孔，然而让我感受到大山在阳光下的炫目，琢磨不定的烟云，空旷无声的溪谷，酣畅的水墨，状似随意搓染的肌理，种种灵动的山水就这样'化生'出来了。"冯骥才同时是杰出的画家，他的评议是专业的。

韩美林的山水画特别出奇的是，大多数画面看不出画家的笔触。山的雄踞，树的生机，水的湍急，鸟的掠影，不知他用的什么妙法，是怎么入手来画的，看了令人如入仙山不知身在何处。可谓画家于无法处得法。我琢磨他的山水画，发现自己已无法临摹他山水画的笔墨，只能慢慢品味着他山水画作的神奇。

全国政协委员、作家陈祖芬说："美林总让我们大吃一惊，明年你是不是要改画油画了？"韩美林孩子般地嘻嘻笑着。

韩美林的社会工作很忙。他设计的城市大型雕塑很受欢迎，为此他经常需要带病出差奔跑于新的城市之间，他的雕塑往往成为一个大城市的新名片。

2009年韩美林艺术馆在北京通县梨园开幕，几百个好朋友们从全国各地来到北京现场祝贺。70多岁的韩美林面对朋友的盛情含泪表白："美林，你是属牛的，你就好好干活吧。"

近几年，我知道他身体不大好，因心脏病曾做过几次大手术。我怕影响他休息，就很少主动去打扰他。但韩老师有时会来个电话，让我和小牟去他家里取挂历、拿画册。今年是我的本命年，韩老师给我画了一张可爱的兔子。我特意拿着画和韩老师合影，这是我们20年师生友谊的见证。

2003年春，我曾应邀写韩美林传，已写出10万余字，后因故搁置了。我想等将来机会成熟了，我会重新写一本韩美林传。我将写一个多角度的、特殊的、鲜明个性的韩美林，他不可能是我这篇文章所能涵盖的韩老师。

韩美林老师是一个极富创造力的美术大家，也是一个有童心、有苦恼、有大爱的艺术家，他绝不是一个能当官的政治家。

他曾给我题词说："没心没肺，活着不累。"

他还给我题词说："能当官就当官，不能当官就当老百姓。"他希望自己当官能为老百姓做实事。

一个爱笑的韩美林

韩美林老师庚寅虎年给属虎的牟新艇题词："风生大野虎至福来。"

有时爱皱着眉头思考问题，忧国忧民的韩美林作为连续30年的全国政协委员，他参政议政30年了，另有他的本色。

今年四月，我突然接到韩美林老师的电话，他乐呵呵地说："同志们啊，我韩美林调工作了。"我听后暗暗吃了一惊，心想他不会是开玩笑吧，于是反问道："您还需要调工作？我们中国还容不下您了，难道您还要到联合国去上班吗？"谁知韩老师却一本正经地回答："我调到清华大学任学术委员会副主任、博士生导师，已经开始招学生了！"我连忙说："太好了，韩老师祝贺您！早该如此了！"话还没说完，韩老师说："过一个月，你到我家来还会给你们一个更大的惊喜！"

1996年韩美林先生赠言

果真一个月后，韩老师来电话了："我的书法作品选出版了，印数不多，给你俩留了一本，快快来取，过时不候。"放下电话，我和小牟驱车前往通州韩美林家。

进入画室，只见韩老师戴了一幅墨镜，却仍在画案前边翻字帖边写字。原来他刚做完白内障剥离手术，还没有完全康复，就又伏案工作了。我说："韩老师您真是劳动模范，带病还坚持工作啊！"韩老师说："我这是在做功课，汉字的草书尤其是狂草看起来虽乱，却有着基本的规律，往往一个字有多种写法，但是你必须遵循规矩，不得随意改动。我翻阅大量古

韩美林先生的课徒画

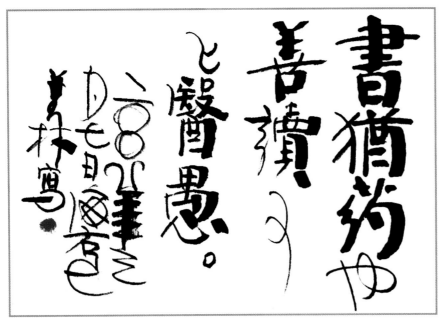

我收藏的韩美林老师的题词"书犹药也善读可以医愚。"

帖，学习和熟记每个字的各种写法，这样才不会闹笑话。我的书法作品选集就在那，去搬吧。"我随韩老师的手势看过去，好家伙！厚厚的一大本，估计最少有四五十斤重。小牟急忙搬过来放在画案上翻阅，只见：神随笔游，字若画卷，狂放不拘，收放有序，似美景映入眼中，真把我们惊呆了。

我忙问："韩老师您从什么时候开始练的书法？"韩老师说："我从五岁开始学习书法，至今已有七十年了。这些年每天早上起来的第一件事，就是习字练笔。不是有人总是在那儿说，韩美林只会这个不会那个嘛。我韩美林虽然75岁了，现在出一本狂草书法集，给你们看看我的功力。"我问道："博士生招的怎么样了？"韩老师说："一共招了10个，已经开始上课了。我现在是清华大学堂堂正正的教授了。"此时此刻，我非常理解韩美林老师的心境，1991年，在第八届全国政协会议上，我初次采访韩美林，曾问道他所在的工作单位时，他的回答令我震惊："我的档案在全国文联行政服务中心所属的文友出租汽车公司！"由此我知道，工作单位一直是韩美林老师不愿意触及的话题，一直是他无法摆脱的一个心结……

如今，75岁的韩美林老师终于成为我国最高学府的一名堂堂教授，他的得意之情溢于言表。我太容易理解他此时的激动，在心中暗暗为他高兴的同时，我想到：世间一切事物的最终结果一定会是公正的！

祝福您！韩老师！

第三章 "美神宫主"薛林兴

2005年底，我与"美神宫主"薛林兴老师相识于北京。

那年的12月底，晚上中央电视台的"新闻联播"传来一条消息："今天法国巴黎卢浮宫举办的法国国家沙龙展在这里举办，参加展览的有来自世界各地的200多位艺术家的600多幅美术作品。中国著名画家薛林兴的国画作品《贵妃醉酒》以东方的诗意和美感，惟妙惟肖的演绎了大唐贵妃的美轮美奂、惊世骇俗的神态，以独特的东方美征服了评委和观众，光荣入选并被法国国家沙龙展组委会评为特别奖。"这一消息在我国的美术界引起轰动。

在中国美术史上，我国的徐悲鸿、吴冠中、吴作人等美术大师都曾经参加过法国国家沙龙展。薛林兴以《贵妃醉酒》获奖一举奠定了他在国际美术界的地位。他的新仕女画既吸收了西方绘画的因素，又保持了中国画笔墨的精髓，成为能沟通世界的艺术语言，它既征服了东方人，也征服了西方人。

在薛林兴回国举办的北京庆功宴上，我有幸结识了薛林兴老师，开始了我们独特的师生情缘。在这之前，我早就欣赏过他的美术作品，但没有见过画家本人。

薛老师是山东人，2011年60岁了，他和我都是属兔的。因他比我小几个月，便称呼我维扬姐，我称呼他薛老师。

薛老师开创的新仕女画与当代其他画家的不同之处，据我看有三点：一是绘画技法上的中西结合，二是人体造型上的适度夸张，三是美学观念上的超俗前卫。

我注意到他和著名画家何家英的人体画之间的区别。何家英的人体画比薛老师更加追求细节的真实，每一个关节的刻画都要符合人体解剖学，每一根毛发都画得清晰可辨。薛老师的人体画以小写意为主，美人的面部刻画得精致，其他部位则画得很随意，有时身体稍加以变形，亦真亦幻，半人半妖，美得很有些仙气。

我曾向他学新仕女画，请教怎样描绘女人的皮肤才能显得更透明一些。他告诉我皮肤的颜色用朱磦加石绿比赭石加黄与红色要好看，还告诉我水分的掌握与晕染的窍门等等。他还教我画人物的背景时，用什么材料怎么着手才巧妙，人物与背景的色调冷暖怎样对比，如何处理才能显的背景更朦胧一些。

在薛林兴位于昌平的画室里，他曾多次挥毫给我示范。教我如何充分利用宣纸的性能，运用独特的渗破法、水衡法、化学激变法等，造成扑朔迷离、汪洋恣肆的神奇背景效果，薛老师对我这个学生传艺时毫不保守。

我临摹过薛老师的《貂蝉拜月》，画了几次效果都不理想。我向他请教，他指导我如何运笔刻画出来的衣服线条才飘逸，怎样运笔画出的眉眼才灵活有神。几年来在他的指导下，我的仕女画终于画得像一点模样了。我最满意的一张仿薛林兴侍女画，后来请欧阳中石先生题款，欧阳中石先生写下《婵凝》二字，为我的画增添了很多神气。

最可贵的是薛老师对社会对他人的爱心，他对慈善事业一贯支持，多次为中国公益事业捐画捐款。1990年他的国画《奔

《天女散花》薛林兴作

月》参加广东省珠海慈善义展，薛老师将拍卖所得50万元画款，现场捐赠给珠海残疾人联合会。

2007年，中国老年学学会承办的第八届亚洲/大洋洲地区老年学和老年医学大会在北京召开，会议前期因资金不足而几乎夭折。当时我担任中国老年学学会副秘书长，负责为大会筹款。组委会提出举办全国名家书画展及义卖活动，薛林兴老师闻讯后立即表示支持，带头捐献一幅8平尺的《贵妃醉酒》，其他画家纷纷响应。在3个月里，组委会共征得作品300幅，如期举办了"世界因你而精彩"书画展及慈善晚宴。薛老师代表美术界在晚宴上发表了精彩的讲话，赢得人们的尊敬和掌声。

晚宴在全国政协委员关牧村、著名表演艺术家谢芳等同志优美的歌声中开始，企业家纷纷举牌认捐，当晚义卖活动取得圆满成功，薛老师为发展中国老龄公益事业做出了自己的贡献。

2009年5月，历时两年在北京昌平兴建的薛林兴美术会馆落成开馆了。这个有着4层高的欧式城堡的里里外外及雕塑，都是薛老师自己设计的，2000多万元建材大多是靠薛老师的仕女佳作换来的。

薛林兴美术会馆既是他的工作室、展览馆，又是他接待朋友的地方。当朋友聚会时，薛老师高兴了就会应邀来一段京剧清唱，"林冲夜奔"是他的保留节目，颇有京剧大师李少春的神韵。

薛老师有两个女儿都和他学画。大女儿薛海鹰的牡丹画得特别好，有时薛老师的仕女画完了，会叫海鹰来补上一朵牡丹，父女合作，其乐融融。

今年薛老师应中央电视台"百家讲坛"邀请，准备开讲《中国仕女画探秘》。他查阅了大量美术历史资料，结合自己的创作体会，备课极为认真。薛老师的口才颇好，我们

《红叶题诗》薛林兴作

聚会时大家最喜欢听他讲故事。若有媒体采访他，不等记者开口，薛老师像说评书似的滔滔不绝，口若悬河，生动有趣，稍加整理就是一篇好文章。称薛林兴为"美神"，最早源于日本《每日新闻》评论薛林兴的一段话："大自然没有女性就会失去平衡，人类世界失去美女就会失去光彩。有人把女人画成鬼，有人把女人画成人，而薛林兴把女人画成神。"因此薛老师把自己的美术会馆称为"美神宫"，一个大男人变成了货真价实的"美神宫主"，有人戏称他为"薛美人"。

2010年初，我与薛林兴老师一起发起成立了中华全国工商联书画院，其宗旨是为美术界和企业界搭起一座沟通的桥梁。为培养推出美术新人服务，为繁荣中国美术文化市场作一些有益的探索。薛老师担任了中全联书画院的执行院长，虽然主持中全联书画院工作要占他不少的时间，他仍然乐此不疲。

今年6月，成都文化机构看中了薛林兴老师的作品，提出要他创作一幅1.7米高、60米长的画卷，定价5000万元，以股权的方式在文化市场上市，薛老师用两个月时间完成了"天上人间梦"的创作，即将举行新闻发布会。

"美神宫主"薛林兴在艺术上还有许多课题需要探索，我向他学习的道路还很长很远。

《天上人间梦》(局部)　薛林兴作

第四章　　名门才女苏泽立

"泽天沐地谁为水，立命安身仁者人"，"应时以泽，无为而立"，这两个楹联都嵌有苏泽立老师的名字，也是她平时特别喜欢书写的格言，她又是这样要求自己安身立命的。

苏泽立是我相敬十余年的好友和老师，她比我小十几岁，平时总称我为大姐，我则叫她小苏。实际上她和我还是同门学友，我们先后都拜书法家、教育家欧阳中石先生为师，小苏是欧阳中石先生的硕士研究生，我是欧阳老师的入室弟子。

小苏老师自幼随父亲——著名书法家苏适习字，先后临习欧阳询、赵孟頫、王羲之、文徵明等人的楷书、行书碑帖。她攻读书法研究生期间，在导师欧阳中石及首都师范大学各位老师的指导下，系统地学习书法理论及各种书体代表作。因她勤奋好学，近几年进步很大。她的作品师古而不拘泥，融冶求变，作品以行书见长，用笔严谨规整，结构俊秀飘逸，最终她以优异的成绩毕业。

小苏老师作为中国书画家代表团成员曾出访日本、韩国、泰国、澳大利亚、新西兰、印度、台湾、香港等地。她是中国书法家协会会员、北京市书协理事，她的作品多次被我国外交部作为国礼赠送外宾。

小苏老师的作品曾多次参加国内外书法展览并获奖，其多部书法作品被中国美术馆、军事博物馆、中国国家博物馆等单位收藏。她书写的多部佛教经典被国内外各大寺庙收藏，其中200米长的《六祖法宝坛经》作为"中印友好

苏泽立（右）为公益活动捐赠书法作品

年"之国礼被印度永久收藏，她的书法为祖国赢得了荣誉。

我们姐俩不仅都是中国书法、中国文化的爱好者，同时对佛教很推崇。十几年前小苏老师已是居士，对佛教历史及经典很有研究。她每次抄写佛教经典之前，一定提前沐浴焚香，非常虔诚地抄写经文。因此她所抄写《心经》的气息是贯通的，没有丝毫的浮躁，字体庄重，字如其人，格外受朋友们的欢迎。

小苏老师是个孝顺女儿。她的父亲苏适是我国著名的书法大家，因年事已高，身体多病，小苏承担起照顾全家三代人的责任。有一年，她把父亲送到医院治疗，自己累病了，就在父亲病房隔壁住下，她每天照常陪同父亲，贴心服侍老父。逢年过节，上门找小苏父亲求字的人特别多，父亲的病体已无法承担。有些熟人进门就说："泽立，你是我看着长大的，你爸要是真写不了，你可得帮我写。"小苏便爽快地接过来为父亲分忧。她写字的任务特别多，站得时间久了累得肩酸背疼，肩膀落了病也从无怨言。

小苏老师是个难得的良师益友。我们姐俩相识后，义气相投，情同姐妹，我们之间可以做到无话不谈。我如果有些苦恼会约她诉说，她认真倾听之后，经常帮我分析排解，提一些可行性的建议。她心中有些苦恼也会告诉我，来征求我的意见。我们两家住的距离较远，因心里常牵挂，平时通电话很多。有时因为工作太忙了无法见面，都会发个短信彼此问候。我们曾一起到海南的三亚过春节，在南山寺听大年初一的钟声。我们曾在北京冬夜里，在天主教堂的荧荧烛光里，陪同傅铁山副委员长度过圣诞节。我们的心灵深层总是相通的。

我喜欢小苏老师的字，常向她求教。称她为我的小苏老师是有根据的，她送给我自己写的《心经》红模子多张，让我回

苏泽立近照

家慢慢练习。我临写过很长时间，但我的字比小苏老师差得太远。有时我把自己临写的《心经》送给朋友，也能得到朋友的赞赏。在她的鼓励与建议下，我在家中书房摆上画案，长期习练书画，坚持走到今天。

小苏老师是一个有大爱的居士，她广结善缘。

2008年四川汶川发生地震时，各界都组织书画家捐献作品义卖。每次召开笔会，别的书法家写两张就搁笔休息了。而小苏被众人围住常常要写上十几张，因为她从不忍心拒绝他人。为了给灾区人民祈福，她还应邀写了多部《心经》送给寺院高僧。《心经》是佛教的经典，全文近300字，写起来费时又很费神。到她家里来求《心经》的人实在太多，她每天早起晚睡都无法一一满足，就自费印制了《心经》高仿真版送人，同样供不应求，深受友人的欢迎。她把这些称为"结缘"，也因此善良的小苏朋友总是特别多。

我曾组织过两次全国性的书画展及义卖活动，每次小苏都拿出精品支持我的工作，从不要求任何回报。

苏泽立作品

小苏因为劳累过度，近几年身体不大好，曾几次住院治疗。工作上有些小事，我就不好意思打扰她了。今年我准备办个人书画展、出画册，我知道自己的书法不太好，预备邀请几位书法名家帮我的画题款。我首先想到找小苏老师帮忙，犹豫了好一会儿打电话给她，她爽快地答应了。我前后三次登门相求，她认真地给我的20多幅作品题款，每一笔都包含着我们的师生情、姐妹情。小苏娟秀的书法为我的画作增色不少，在这里我要特别对小苏老师说一声："谢谢你！"

小苏老师还是一个诗人，上世纪的80年代她毕业于北大中文系，后来又取得两个硕士学位。去年她开了"博客"。我常常在小苏的"博客"里看见她的美文和诗作。

苏泽立作品

苏泽立（左）向全国人大捐赠书法作品

小苏老师是一个有梦想的人，是一个有原则的人。她做事情有所为，有所不为。她写道："黄卷青灯志未沉，十年闭守觅天心。修真纵是知清苦，寂寞甘当寻梦人。"

她像一泓清水，她推崇"上善若水，水利万物而不争"。

她淡泊名利，距离人世间的丑恶现象远远的。

她关心人间的疾苦，用自己的作品慰藉人心。小苏常年在青灯下写经，使她得到了心灵的安宁。

2011年是辛卯兔年，小苏写了《咏兔诗》十首赠我，摘其中四首以飨读者。

一技在身心气旺，
功名未降欲先升，
谁知玉兔轻荣辱，
每夜天宫点炽灯。

聪明毁誉因三窟，
机智扬名为蹬鹰，
原是求生无奈计，
无心天下比才能。

至强至弱排生肖，
虎后龙前畏惧无，
但见温柔仙境客，
赶来人世送佳符。

夜来幽梦逢春兔，
作揖团拳请草书，
赞美诗词难忆起，
任吾心画指间舒。

我可以肯定地说，苏泽立老师的书法水平随着岁月的磨砺会日益精进，其日后发展的前景远大而不可限量。

苏家有才女，青出于蓝一定会更胜于蓝。

第五章　　启蒙老师——父亲

我的父亲是一个慈父，他是我童年的第一位美术老师。

父亲朱泽1990年从江苏省高级人民法院院长的位置上离休了。青年时代的他，曾在新四军鲁迅艺术学院华中分院美术系学习，上世纪的60年代他在《红旗》杂志工作，因他经常向画家约稿而结交了不少书画家。美术爱好伴随他一生，离开工作岗位后，他又拿起了画笔，小速写本子随身带，走到哪里他就画到哪里。

父亲朱泽近照

1990年夏，他到德国柏林探亲看儿子，在我弟弟朱维毅的张罗下，他与老伴联合举办了小型画展。他的写意国画《踏雪访友》等作品预展时，被德国友人看中，两张画卖出300马克，相当于人民币1000多元。此事让他格外高兴，证明他自己的作品在海外也有市场。

习画20年，父亲的书画水平不断提高，前后举办了多次个人书画展览，并出版了画册、文集赠送友人。将军书法家邵华泽看了他的作品，题词称赞他是"以艺弘德"，说明父亲的作品是在积极宣传社会公德与美德。著名国画家李琦给父亲的题词是"以艺写心"，说明父亲的书画作品是用心写的。我认为父亲经常用画笔表达自己的理想，父亲听了深以为然。

2007年，我策划《世界因你而精彩》书画展及义卖活动，父亲的三幅作品都被人拍走了，一张四平尺的国画《并蒂莲》卖了1万元。父亲为此骄傲了好久，他在为发展我国老年的公益事业做出了一个老战士的贡献。

父亲非常喜欢写诗。凡遇重大节日，应邀参展之作他都要题上一首诗，表达自己对当下时事的看法和意愿。他最爱画荷花，在写意的荷花画上题写"崇尚青莲"，意在反腐倡廉。他喜欢画革命题材，如毛泽东、刘少奇、周恩来、陈毅、刘伯承等领袖形象，他都画过多次。

2011年4月22日他来到北京，一来看望自己的儿孙，二来今年是他入党70周年，他到北京来参加纪念建党90周年活动。我们担心他年纪大了，除了必要的社会活动，主要安排在我家休息，得以让我与父亲朝夕相处地生活了一个多月，这是他八十高龄以后非常难得的事。我在为他做饭洗衣的同时，还陪他作画，有机会仔细向他请教绘画的事。

父亲对人物、山水、花鸟画都爱好，其最拿手的是画鹰、水牛、荷花、山水。4月25日下午我们祖孙三代14人在北京永泰和会馆聚会，父亲现场画了一张山水画《咏扬州》。因为我和二哥维峰、弟弟维毅三人是先后在江苏扬州出生的，父亲画了一张江苏古城扬州瘦西湖全景。他在画上题诗一首："烟花三月下扬州，维扬六秩忆旧游。国庆一年一儿女，个个成才竞风流。"因为时间所限，他在整体上对画面不是很满意。回到家后，父亲又补画了一些桃花，我又帮他补画了一些树，添加了一些颜色。整个作品色彩鲜艳，构图疏密有致，加上父亲的诗包含着对几个儿女的情感，令我非常喜欢。我把它裱好放在客厅，时常欣赏它。

父亲看了我最近的作品，指出我画的缺点是笔下功夫欠缺，有的作品线条软而无力。我承认父亲看得很准，心中暗暗佩服。在技巧上我有意追求中西结合，造型准确，色彩多变，注重背景的变换对比，也有意来掩饰我的笔力不足。父亲嘱咐我以后画画要多用中锋画，下笔如写字那样果断，虽用浓墨重彩，写意画还是要遵循传统的。

5月27日，父亲要离开我家了，我要求与他合作一幅画，纪念他的北京之行，纪念我们祖孙四代同乐的这段日子。画什么？父亲征求我的意见，我说："你就画最拿手的老鹰吧。"

1946年的父亲

1950年的父亲

父亲朱泽在新四军时期

2005年父女合作美术作品

父亲气定神闲站在画案前，寥寥几笔就把两只老鹰的身体画好了，由我补上松树等，画面全部颜色由我来渲染。合作完毕，最后斟酌了一番，父亲为画题款："人生长寿，天下太平。"父亲对我说到："松树表示长寿，老鹰表示捍卫和平。"我们愉快地分别盖上各自的印章。

　　这虽不是我第一次与父亲合作，但这是一次特别珍贵的合作经历。87岁的父亲所想表达的愿望都在画面里了，他希望自己和第二代能健康与长寿，希望看到第三代成才，看到更多的第四代出生。他希望能看到可爱的祖国更加富强，能看到世界更多一些和平。

　　当年7月6日我携带着《松鹰图》来到欧阳中石先生家中，请

2009年1月25日父亲与第三代在一起

他为我与父亲的合作画题跋。欧阳中石先生看到了这幅画赞不绝口，斟酌了好一会儿，他提笔写下一行字："鹰健松青，苍翠协和。维扬随侍老父左右同作，此图其乐融融。中石特识。"（作品见77页）欧阳老师豪放遒劲的书法，把我们父女合作的《松鹰图》所包含画里画外之情，表达得更加淋漓尽致。当即我代表父亲向欧阳老师表达了深深的谢意。

是父亲朱泽把我引上学习美术之路，耄耋之年的他仍在用笔描绘着美丽的世界。他对我的抚养及教育之恩是我毕生难忘且永远无法回报的。

父亲与母亲留给我们的精神财富，永远不会因时间的久远而失色。父亲的美术天分与爱好，影响了我的人生道路，他的美术作品永远是我们的传家宝。

在本书中，我收录了父亲的几幅美术作品，可以从中看到他追求艺术的脚步。

父亲于辛卯年特画兔赠属兔的我，并与我全家合影留念

2011年4月25日在北京永泰和会馆举办家庭书画展后，朱家部分三代人合影

《中国人民站起来了——毛泽东》 朱泽作

《芦荡星火——刘少奇》 朱泽作

《音乐指挥家——何士德》 朱泽作

《开国元勋——陈毅与刘伯承》 朱泽作

《牧童》 朱泽作

《雄鹰》 朱泽作

2011年4月25号父亲在北京作画并题词："烟花三月下扬州，维扬六秩忆旧游。国庆一年一儿女，各个成才竞风流"，表达了他对后代的感情。

朱墨春山

維揚書畫小品集

王明明題

全国政协常委、著名画家王明明专为本书题写书名

婵娟 伯杨画

《婵娟》 欧阳中石题

2011年5月，我与父亲合作"松鹰图"，特邀欧阳中石先生题跋。欧阳中石先生欣然命笔："鹰健松青，苍劲协和——维扬随侍老父左右同作此图，其乐融融。中石特识。"

《余音》 欧阳中石题

《纵横千里》 谢云生题

《荷香》 苏泽立题　　　　《心悦如莲》 米南阳题

《荷塘清趣》

《秋菊》 苏泽立题

维扬、虞丹青合作

《阳光下成长》 苏泽立题

《仁者寿》　苏泽立题

《鹅》

《天真清趣》

《玉兔迎春》

《晓楠与兔宝宝》

《喜相逢》 苏泽立题

《牧童遥指杏花村》

《清趣——作人笔意》

《点点枝头映日斜》

《天香》

霧叢剪湘縠玉苞袖玉簪
一枝對書悅坐久靜塵心
庚寅夏
維揚畫
澤立題

《玉簪花》 苏泽立题

紫帶紅蕤
維揚畫
澤立題

《紫藤》

《辛卯玉兔》

《茸茸啾啾》

《广寒拂辉》 米南阳题

《铁骨生春》 苏泽立题

《双雀图》 欧阳中石题"画家投笔孔雀不敢开屏矣。"

《猫戏清趣》 米南阳题

《玉兔迎春》 苏泽立题

《秋光》

《长相依》

《牧歌》

《梦》

《雨后》

《无为》

《晨曲》

《黄山日出》

《唐人诗意图》

《苏州狮子林》　苏泽立题吴冠中言"风筝不断线、霜叶吐血红。"

上善若水

水利万物而不争 辛卯春 维扬

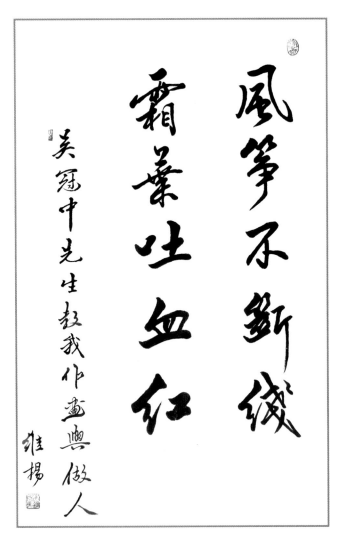

风筝不断线 霜叶吐血红

吴冠中先生教我作画与做人 维扬

只研朱墨作春山

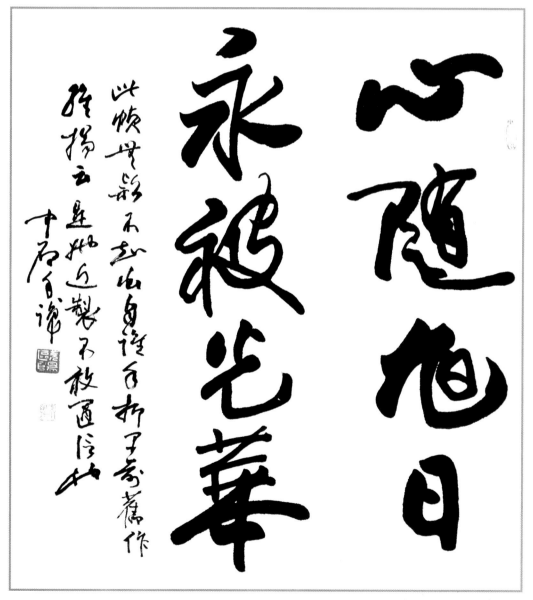

2008年维扬临摹欧阳中石先生作品，欧阳中石先生题跋"此帧无款不知出自谁手，抑予旧制。维扬云，是她近制，不敢置信也。欧阳手识。"

欧阳中石题"维扬学画"

《蟾凝》 欧阳中石题"维扬近作甚
得其神遂题二字"

《浩月映婵娟》米南阳题

《清雅俊逸》米南阳题

友情花絮

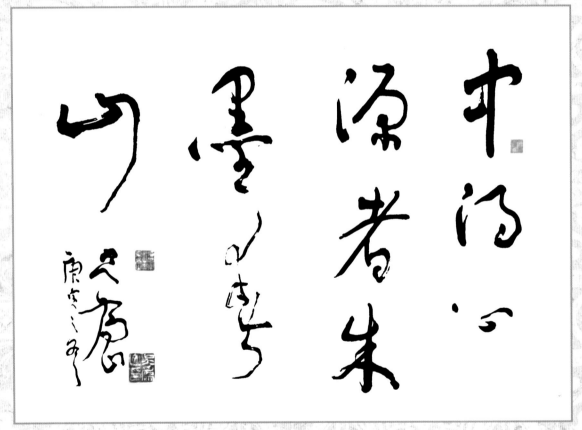

全国政协委员、著名雕塑家吴为山向我赠送墨宝"中得心源者朱墨春山"

1998年陪同全国政协副主席杨汝岱（中）接见全国
政协委员、香港慈善总会主席郑苏薇（左）后合影

1997年采访迟浩田将军后合影

1995年代表《中国老年》杂志向全国人大
副委员长雷洁琼（右）祝贺90岁生日

代表《中国老年》杂志向中央军委副主席李德生
祝贺80岁生日

1997年陪同全国政协副主席赵南起（中）
会见中国作协副主席邓友梅（右）后合影

1997年与全国人大副委员长王光英合影

1996年为全国人大副委员长吴阶平祝寿

1997年为全国政协副主席钱伟长祝寿

1993年与全国政协副主席李贵鲜（左）、
民政部部长多吉才让（右）合影

1994年采访全国政协副主席万国权

1993年与全国人大副委员长彭珮云合影

2011年拜访全国人大副委员长周铁农

2011年2月与中共中央政治局委员李源潮合影

2007年与中共中央政治局委员薄熙来合影

2011年春节给全国政协副主席孙家正拜年

2011年春节给全国政协副主席郑万通拜年

2011年3月拜会全国政协副主席黄孟复

2005年陪同全国政协副主席张思卿参加笔会

采访中国书协主席沈鹏

与漫画家丁聪（左）、剧作家吴祖光（中）合影

采访中国美协主席靳尚谊

与中国书协副主席李铎合影

2010年与中国美协副主席冯远合影

2010年与中国美协主席刘大为合影

1994年2月在军事博物馆举办吴祖光（左二）、新凤霞（前排）书画展后与作者合影庆祝（右一为陶斯亮）

2010年与全国政协委员、亚洲电视总裁王征合影

陪同著名画家李延声（中）为全国政协委员杨一奔画像

与中国作协副主席、作家冯骥才在一起

1993年在毛主席纪念堂画家刘宇一作品《良宵》前采访他和夫人

采访画家白雪石

1995年与表演艺术家孙道临合影

1993年采访相声大师马季后合影

2005年与中央电视台主持人李瑞英交谈

1993年与全国政协委员、演员王馥荔
（中）、刘晓庆（右）在一起

2010年与全国政协委员、著名导演张艺谋合影

2005年采访全国政协委员、演员巩俐后合影留念

1993年采访香港"领带大王"曾宪梓

1994年采访革命老前辈王光美

2005年与全国政协委员、演员姜文交谈

2010年与全国政协委员、编导陈维亚合影

与中央电视台记者王小丫一起跑"两会"

与采访"两会"的台湾美女记者合影留念

后记

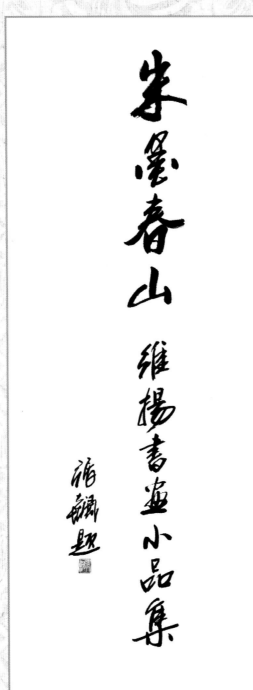

中国书协原副主席张飙为本书题写书名

追梦的人

中华全国工商联书画院副院长、资深记者　朱维扬

　　《只研朱墨作春山》截稿的那一天，面对电脑我有一些伤感。

　　60岁了，回忆几十年追梦的历程，其中苦涩的滋味冷暖自知。

　　本书只写到了几位与我学画有关的老师，实际上影响我人生轨迹的老师太多了，无法一一在这本小书中包含。

　　20世纪70年代，我在企业当宣传科长时，李昭同志时任北京市纺织局党委书记，她是我的直接领导，对我有知遇之恩。正是她对我的关怀和直接过问，才使我得以从企业转入新闻界工作。

　　20世纪90年代，邓友梅老师时任中国作协副主席，他能为一个普通记者的作品选集《维扬眼中的名家》亲自写序，予以肯定和鼓励，令我万分感动。

　　著名书法家欧阳中石先生、苏适先生为我的新书题写书名，老同学、北京画院院长王明明先生、书法家张飚先生、谢云生先生、雕塑家吴为山先生为我的新书题款或赠言，都是对我这样一个美术界新手的提携。

　　还有一位难忘的老师是已故的吴冠中先生。十几年前在香山饭店里，在他的房间，我们曾几次长谈，看得出他对美术界存在的问题忧心忡忡。他曾两次提笔赠我墨宝——"霜叶吐血红"谈的是他对艺术的追求和做人的原则，"风筝不断线"谈的是他对艺术继承与发展关系的理解。吴老这两句精辟的话语，对我艺术观的形成影响很深。

　　冯远先生、吴长江先生、苏士澍先生、范迪安先生都是我国书画界的大家并处于领导岗位。2011年初，我筹备中华全国工商联书画院时，他们都爽快地答应出任中全联画院的领导职务。冯远先生亲自撰文，在中全联书画院成立揭牌仪式上致辞。陈广文书记、苏士澍先生、王成喜先生到场祝贺并送上墨宝，这些都是对我工作的关心与有力支持。

　　特别是吴长江先生，百忙之中，为本书作序，

字里行间，浸透着师长之情，鼓励之意，提携之心。令我感动无语，不知该如何感谢！

牟新艇是我的先生，我们在一起采访全国"两会"20年了，至今还有很多委员不知道我们俩是一家人。我的许多合影照片是他抓拍的，他是我最好的摄影师、司机兼合作伙伴。

我的父母和兄弟姐妹在我漫长的成长道路上，对我事业的发展都给过宝贵的支持。我的女儿楠楠，在幼年时，她对妈妈当时的状况难以理解，却付出了母女聚少离多的牺牲。是亲情、友情、爱情支撑着我走到了今天。

每一个人都有追求梦想的权利，虽然有时候追梦的结果，可能不尽如人意。

你只要怀着梦想，追求过、奋斗过，你就没有白来人世间走一遭。

进入60岁，曾想到我给后代能留下些什么。在物质开始丰富而精神层面危机重重的今天，我们20世纪50年代出生的这一代人承前启后，应该为后人留下什么？我常常苦恼地求索。

人类对真善美的渴望与追求永远不会停顿。在对美好事物的追寻中，我还是一个有梦想的人，我渴望用画笔开辟自己人生的第二个春天。虽然青年时代的我经历了严冬的残酷考验，但是毕竟我在60岁时迎来了金秋的丰硕成果。

每个人都会在年轮里留下自己追求梦想的痕迹，在今后的日子里，有我的亲友们伴我同行，在通往艺术殿堂的追梦之路上，我会走得更稳健。

面对即将出版的这部小书，我怀着一颗感恩的心，以我的新书怀念已逝去的良师，答谢伴我一路成长的益友。对几十年来所有帮助过我的亲人、朋友们，真诚地说一声：谢谢你们！

对为新书出版付出心血的学苑出版社的领导、责编、美编及全体员工道一声：你们辛苦了！

《只研朱墨作春山》敬献给我亲爱的母亲马坚，相信您在天之灵会看到的，这是女儿献上的一瓣心香。

路漫漫其修远兮，吾将上下而求索。

《只研朱墨作春山——维扬书画文章》
梗　概

作者经历

1951年4月25日，朱维扬出生于江苏省扬州市，1955年随母亲到北京与父亲团聚。

1958年—1966年，北京景山学校学习，当时它是中宣部、教育部主管的一所十年一贯制的教育革命实验学校。

1961年—1966年，北京市少年宫国画组课余学习中国画。学满3年后专业分组时她选择了花鸟组，从此专攻齐派写意花鸟。

1966年2月，不足15岁的朱维扬报考解放军艺术学院，经过3场严格的专业考试后，被校方破格录取为舞台美术系学员。

1966年5月，中央的"5.16"通知下达后，军艺招生工作暂停，她重返北京景山学校学习。原以为所谓"文革"只是几个月的事，谁也没想到那竟是一场十年浩劫。

1968年—1983年她在北京当过纺织女工。"以工代干"几年后，转为企业宣传科科长。曾担任《北京日报》、《北京晚报》、《工人日报》等报社的通讯员，开始发表新闻作品与文学评论。

1984年她大学毕业后进入新闻界工作。曾在《光明日报》、《中国老年》杂志社等单位从事新闻工作20多年。

2006年至2010年她在中国老年学学会任副秘书长。

1991年朱维扬开始采访全国"两会"，先后出版了《中华名家风采录》《同是一个太阳》《维扬眼中的名家》等人物专访作品选集。

由于采访工作需要，她结识了很多书画大家。在采访之余，开始向他们请教如何做人及作

《梦中人》　维扬作

画的学问。朱维扬向吴冠中学画山水，向周怀民学画葡萄，向齐良迟学画葫芦，向王成喜学画梅花，向陈大章学画山水，向欧阳中石学书法及写意画，向薛林兴学新式仕女画，向韩美林学习写"天书"及人体画，向孙菊生学习画猫，向女画家虞丹青学中西结合的花卉新法，向民俗画家邢振龄学画民俗画，向女书法家苏泽立学习书法等等。由于她20世纪60年代在北京少年宫打下的童子功，近几年其书画水平提高很快。

近五年为发展我国老年公益活动，朱维扬曾成功地策划并举办过两次全国性的书画大展及义卖活动。出版了大型画册《世界因你而精彩》和纪念建国60周年画册《祖国颂》，受到美术界的好评。

2010年初，朱维扬发起并配合中国美协副主席冯远、中国书协副主席苏士澍、著名画家薛林兴等成立了中华全国工商联书画院。由全国工商联副主席孙晓华任院长，薛林兴、朱维扬任中全联书画院副院长。欧阳中石先生为中全联书画院题写了匾额。同年7月在全国政协礼堂举办了成立大会，100多位画家现场签约。

至此朱维扬自觉实现了记者、编辑身份的转换，成为一名活跃的社会公益活动推动者。从事书画与写作，已经从她童年的爱好变为她人生第二个春天的事业。

本书内容

【上篇】"我的四季"，讲述了作者人生经历的"春冬夏秋"四个阶段。

童年是她人生如梦的"春天"。朱维扬10岁开始学画，立志成为美术家。

1966年开始的"文革"打碎了她所有的梦想，少年失母、青年失学使她经历了人生严酷的"冬天"。

通过数年坚持参加北京市成人高等教育自学考试，她取得北京师范大学中文专业本科学历。苦读是她人生煎熬的"夏天"。

职业生涯转为记者和编辑的近30年间，是她人生丰硕的"秋天"。她善于广结良友，辛勤笔耕，新闻作品不断结集出版。

近十年她重拾画笔，继续寻找艺术的美与真，迎来她人生的第二个春天。

【中篇】"我的老师"，讲述了与她学画有关的五位老师。

欧阳中石先生收她为入室弟子，韩美林先生教她画人体，薛林兴先生教她仕女画，苏泽立教她书法，幼年时父亲播下美术爱好的种子。

【下篇】"我的作品"，从近年100多幅作品中，她精选了50余幅美术作品以求教于方家。

【友情】选取了作者身为记者时期的采访工作照及与书画家的合影，收录了几十幅名家的题词与赠言。其中有些朋友已故去，以此表达作者对他们的敬意和怀念之情。

本书特色

资深记者朱维扬的许多重要作品是由我国书画名家题款。她讲述了自己与诸多老师之间的忘年交故事。 她描述了自身从一个书画爱好者到记者、编辑的角色转换，从一个记者到社会活动家身份的转换。

作者虽不是专业美术工作者，但作品已达到较高水平，受到美术界的好评。作者是首都新闻记者中学画并达到一定水平的佼佼者，中国美协常务副主席吴长江先生为她的新书做序，欧阳中石、苏适、王明明、张飚等大家为她的新书题写书名。

作为记者她与被访者之间的故事感情真挚，催人泪下。让读者与世人了解诸多文化名家不为人知的真实面貌。该书极具可读性及趣味性。

作者联系方式

电话：（010）13911905454

电子邮箱：zhuweiyang@sina.com

《江清月近人》 维扬作

"Grind only Red Ink to Paint Spring Scenes":
Zhu Weiyang's Calligraphy, Paintings and Writings

（英文梗概）

Author Profile:

On April 25，1951，Zhu Weiyang was born in Yangzhou，Jiangsu Province，Moved to Beijing in 1955 with her mother to join her father.

1958 — 1966，studied in Jingshan School in Beijing，while it was under the CPC，i.e. Central Propaganda Department and Ministry of Education，implementing a revolutionary experimental 10-year curriculum.

1961 — 1966，learned Chinese painting in Children's Palace after-school painting group in Beijing. After three years of training，she chosed to specialize in flower and bird painting group，focusing on freehand flowers and birds in the style of Master Qi Baishi.

February 1966，Zhu Weiyang，while not quite 15 years old，applied to study at the Art School of People's Liberation Army，and after three rigorous examinations，was admitted as an exceptional student to studying the Fine Arts for the Stage Department.

In May 1966，the May 16th Circular was issued by the Central Committee of the CPC，the Army suspended the work of arts enrollment，and she returned to Beijing Jingshan School. The "Cultural Revolution" was thought to last just a few months，no one thought it would turn out to be a decade-long calamity.

1968 — 1983，she worked as a textile worker in Beijing. A few years later as "worker who took on cadres work"，she became propaganda chief of in her corporation. Served as correspondent for *Beijing Daily*，*Beijing Evening News*，*Workers' Daily* and other newspapers，and began to publish her works of journalism and literary criticism.

In 1984 she graduated from college and entered journalism. Worked in *Guangming Daily*，*China Gerontological Magazines* and other units more than 20 years.

2006 to 2010 she was Deputy Secretary—General for China Gerontological Society.

1991 Zhu Weiyang began to interview delegates to the People's

Congress and People's Political Consultative Conference, and published *Vignettes of Chinese Masters* , *Under the Same Sun*, *The Masters through Weiyang's Eyes*, etc.

While involved in interviews, she met a lot of painting masters. She took the opportunity to ask them how to live and paint. Zhu Weiyang studied landscapes painting from Wu Guanzhong, painting of grapes from Zhou Huaimin, and gourds from Qi Liangchi, plum blossoms from Wang Chengxi, landscapes painting from Chen Dazhang, calligraphy and freehand drawing from Ouyang Zhongshi, Xue Linxing's new way of portraying court ladies, Han Meilin's style of calligraphy and painting the human body, Sun Jusheng's painting of cats, Yu Danqing's fusion of Chinese and Western style to paint flowers, Xing Zhenling's style of painting folk customs, and Su Zeli's calligraphy. Because of her early training in the 1960's at the Beijing Children's Palace, her technique improved very fast in recent years.

To promote the welfare of China's aged in the past five years, Zhu Weiyang has successfully planned and held two national painting exhibitions and charity sales activities. A coffee-table book, *The World is Wonderful ecause of You*, and the album *Ode to the Motherland*, to mark the 60th anniversary of the PRC, won praise in the arts community.

In early 2010, Zhu Weiyang, along with Vice Chairman Feng Yuan of the Chinese Artists Association, Vice chairman Su Shishu of the Chinese Calligraphers Association, famous painter Xue Linxing and others, set up the Calligraphy and Painting Association of the All China Federation of Industry and Commerce. Vice President Sun Xiaohua of the Federation was appointed president, Painter Xue Linxing and Zhu Weiyang were appointed vice president. Master Ouyang Zhongshi inscribed the plaque which hangs over the entrance. In July the same year, a grand opening event was held in the Hall of the Chinese People's Political Consultative Conference. More than 100 artists signed up.

Zhu Weiyang by now had realized her ambition to transform herself form journalist and editor to an activist promoting social welfare. Her childhood hobbies of painting and writing were her new vocation.

Main Content

[Part I] *My Four Seasons*, is about the author's own life experiences of Spring, Summer, Autumn and Winter.

Her Spring was her dream-like childhood. Zhu Weiyang the 10-year-old began to study painting, and determined to become an artist.

Her Winter was the Cultural Revolution which began in 1966. It broke all her dreams，she lost her young mother，and missed out on school.

Her Summer was the years of hard work preparing for college entrance examinations and getting a bachelors degree at Beijing Normal University.

Her Autumn was her career as a reporter and editor for nearly 30 years，which bore much fruit. She made many good friends，published many news reports.

In the last decade，she once again took up her brush to search for beauty of art and truth，to usher in the second spring of her life.

[Part II]，*My Teachers*，is about the five teachers who taught her to paint.

Master Ouyang Zhongshi who received her as his apprentice，Master Han Meilin who taught her to paint the human body，Mr. Xue Linxing who taught her to paint court ladies，Su Zeli who taught her calligraphy，and her own father，who planted in her a love of art while she was a young child.

[Part III]，*My Work*，from over 100 pieces created in recent years，she has selected 50 works of art to share.

Highlights is a selection of photos and inscriptions covering her period as a reporter doing interviews，working with the artists，includes a collection of dozens of inscriptions and dedications made by artists. Some of these have passed away，the author wishes here to express her respect and nostalgia for them.

Book Features

Many of senior correspondent Zhu Weiyang's works contain inscriptions by China's famous painters and artists. She tells many stories relating to her close friendship with them. She tells how she evolved form an amateur painter to reporter，editor，and finally social activist.

Although the author is not a professional art worker，her art work has reached a high level，and won acclaim from the art world. Vice Chairman of Artists Association Mr. Wu Changjiang has written a preface to her book，Master Ouyang Zhongshi，Master Su Shi，Painter Wang Mingming，Calligrapher Zhang Biao all inscribed titles for the new book.

The stories involving her and her subjects are vivid and tear-jerking. They help the reader understand many artists and some little know facts about the masters. The book is highly readable and interesting.

Readers are welcome to contact the author.

Phone：0086 - 13911905454

E-mail：zhuweiyang@sina.com

（虞丹青译）

《只研朱墨作春山——维扬书画文章》
补 记

若有人问新书为何名曰《只研朱墨作春山》，我曾有过一番认真的考证。

著名文学家鲁迅先生的古诗词功底极好，他曾经在《赠画诗》中写道：

风生白下千林暗，雾塞苍天百卉殚。

愿乞画家新意匠，只研朱墨作春山。

著名画家吴冠中先生极其推崇鲁迅先生，曾在自己的著作中引用这首诗并加以阐述。

清人戏曲《桃花扇》里有诗曰："凭君买黛画春山"。《辞海》对此注曰："春山谓之曰山容，其色如黛，比喻妇女之眉。"此"春山"之本意也。

诗人王文奎从中受到启发，写诗曰："胭脂买来用到少，只言朱墨写春山。"

河南画家王德安将自己的书斋命名为"朱墨"。其一，朱墨二者国画之本，取本舍末，知白守黑，可谓智也。其二，朱者赤也，墨者玄也。以赤子之心，穷水墨山水之玄妙，可明其智也。其三，朱乃阳也，墨乃阴也，一阴一阳谓之道，可知其"技近乎道也"。

今年初，江苏盐城老乡、全国政协委员、雕塑家吴为山先生在他的画室曾书写墨宝相赠，其言为"中得心源者朱墨春山"，顿时令我豁然开朗。

自幼年学画，多位老师叮嘱我"重写生，师造化"。纵观中国美术史，凡书画大家都力求走笔行墨间，体现雄浑大气且变化无常的自然界，其作品中都体现了"似与不似之间"的传统美学和哲学思想。

敝人姓朱，朱墨为国画之本。鲁迅先生诗中"愿乞画家新意匠"，其含义是要求画家不断推陈出新，在我看来，此处用"研"比"言"的含义要准确且深刻得多。予愿遵循鲁迅先生的本意"只研朱墨作春山"，它不仅可以当作我本部著作的书名，也是我今后在美术创作上的一个新航标。

大自然有春夏秋冬，四季轮回各有其妙处。有的人喜欢夏天，待人热情似火；有的人喜欢秋天，赞它是收获的季节。而我却偏爱春天，因为它孕育着无限的生机。

古代诗人进入花甲之年，曾叹息道："夕阳无限好，只是近黄昏"。我认为"夕阳朝阳同是一个太阳"，古往今来的每一个清晨，人们都会迎来崭新的一轮太阳。

春天无疑是美好的，我将用手中的画笔开辟人生的第二个春天。

愿以赤子之心，追寻无垠之大美。

"只研朱墨作春山"，妙哉！言有尽而意无穷。

2011年9月于北京静心斋